열아홉,
자살일기

열아홉, 자살일기

네가 떠난 뒤 남겨진 것들

마리트 칼홀 지음 | 전은경 옮김

검색어 "외로운"

미셰의 일기장

FRANCE: Esnouveaux [illegible]

Memoranda

[illegible]

Upon our arrival
we seemed to know
that we were welcome
altho no dem. was
given us. The fact
that the Stars & Stripes
were very much in
evidence gave us a
feeling that we were
welcome. The streets
are very hilly about
we did not mind
it so much as we
were interested in
the many interesting
sights. Many beautiful
houses & old fashioned
buildings were passed.
Men have modern
conveniences here
& do not have to go
around the corner.
Railroads seem
strange but are
about like in England.
In the small
villages as well as

2월 7일 05:57

방 전체에서 발 냄새가 진동한다. 창문을 열었다. 피오르를 지나가는 배의 항해등이 보인다. 모터가 진동하는 소리도 들린다. 바람이 차다.

2월 10일 00:02

저녁에 스베레와 극장에 갔다. 스베레가 바지에 오줌을 쌌다. 어둠 속에서 오줌이 바닥으로 흘러가는 게 보였다. 하필 영화에선 아무 대사 없이 정적만 흐르고 있어서 졸졸거리는 오줌 소리가 더 크게 들렸다. 극장을 나오자마자 스베레에게 욕을 퍼부으며 해서는 안 될 말을 쏟아 냈다.

난 어쩌자고 이렇게 멍청할까.

2월 11일 00:15

엄마와 이다르 아저씨가 잠을 자러 간다. 두 사람이 이리저리 오가며 내는 발소리, 불을 끄고 바깥문을 닫는 소리가 들린다. 계단을 올라간다. 그리고 화장실에 들어간다. 그 다음엔 침실로 향한다. 발소리와 목소리가 계속해서 들린다. 12시가 되기 조금 전에 엄마가 "잘 자, 미세!" 하고 외쳤다. 엄마는 내가 12시가 지나면 잔다고 생각하는 걸까?

음악을 튼다. 이제 슬슬 내일 치를 시험을 준비해야겠다.

2월 12일 23:04

아마존 강 유역에는 주변과 전혀 접촉하지 않고 살아가는 인디오 부족이 약 스무 개나 있다. 고립되어 지내는 공동체는 외부에서 오는 감염에 매우 취약하다. 그래서 원인 모를 바이러스나 병에 걸려 죽는 원주민들이 많다. 석유 기업, 벌목꾼, 선교사들이 그들이 생활하는 영역을 침범하기 때문이다. 열대 우림 펀드는 이 지역을 감시해 침입자를 막고, 원주민의 생활과 영토와 문화를 보호하기 위해 여러 부족들과 힘을 합치고 있다. 아마 규모가 가장 큰 부족은 페루에 사는 '마시코-피로' 족(族)일 텐데, 이들은 '벌거벗은 우리 형제'라고 불린다.

최근 10년에서 20년 사이에 2백만 평방미터가 넘는 열대 우림이 사라졌다. 거의 유럽의 절반에 해당하는 면적이, 내가 살아온 세월보다 짧은 시간 안에 사라졌다는 말이다. 전 세계에서 배출되는 온실가스의 5분의 1이 우림이 파괴될 때 나온다. 아마존 강 유역은 지구에서 가장 거대한 생태계다. 대체 왜 이걸 파괴하려고 하는 걸까?

2월 16일 22:15

오늘 과학 시간에 실험실에서 돼지 허파로 가스 교환 실험을 했다. 기도를 절개한 뒤 플라스틱 관을 꽂고 불었다. 허파꽈리가 채워지고 허파가 두 배, 세 배로 커졌다. 허파는 연분홍색으로 변하다가 나중에는 거의 투명해졌다. 정말 굉장했다!

가스 교환은 엄청나게 빠른 속도로 이루어진다. 모세 혈관은 촘촘한 그물 같다. 산소가 부족한 모세 혈관 속의 피는 허파꽈리에서 산소가 풍부한 피로 교환된다. 산소 분자는 헤모글로빈과 결합된다. 혈관과 허파꽈리 사이의 세포벽은 아주 얇아서, 아무 문제없이 가스를 통과시킨다. 가스가 퍼진다. 첫 번째 시도에서 내가 플라스틱 관을 너무 세게 부는 바람에 관에서 거품과 점액이 나왔다. 놀란 요나스가 헐레벌떡 세면대로 뛰어갔다. 두 번째 시도는 성공이었다! 이건 정말이지, 진짜 굉장했다.

허파는 양서류와 조류, 포유류의 가스 교환 기관이다. 돼지의 체내 기관은 사람과 가장 비슷한 모습을 하고 있다.

부푼 허파는 무척 부드러웠다.

2월 17일 22:50

소나기가 퍼부었다. 스베레는 비가 오면 밖에 나가지 않는다. 그래서 우린 스베레 방에서 바다거북에 관한 다큐멘터리를 보았다. 바다거북은 2억 년도 넘는 옛날부터 지구에 존재해 왔는데, 지금은 겨우 여섯 종만 남아 있다. 바다거북은 허파로 숨을 쉰다. 뿐만 아니라 입속에 있는 점막과 직장으로 산소를 흡수하는 능력이 발달해서 물속에서 오래 버틸 수 있다. 바다거북은 10시간 동안, 민물거북은 여러 날 동안이나 견딜 수 있다. 수온이 적당히 높고 몸을 적게 움직인다면 바다거북은 24시간도 가능하다.

근접 촬영한 거북이들이 화면 속에서 우리를 향해 돌진했을 때, 스베레는 하마터면 소파에서 굴러떨어질 뻔했다.

"저, 저 거북이가 날 똑바로 보고 있어!"

스베레가 외쳤다.

등딱지에서 내민 다리와 머리의 피부는 하얗고 부드러웠다.

"나 거북이를 안고 싶어! 미셰, 너는? 너도 거북이 안고 싶어?"

스베레가 물었다.

거북이는 어린아이만 한 크기였다. 입은 좌우로 그어진 가느다란 선처럼 보였다. 바다거북의 학명은 'Chelonia mydas'.

다큐를 다 보고 나서 스베레는 자기 맘에 드는 여자애들 이름을 줄줄이 읊었다. 이름을 하나씩 말할 때마다 내가 그 여자애를 어떻게 생각하는지 듣고 싶어 했다.

스베레에게 잘 자라고 인사하고 집으로 뛰어올 때도 여전히 소나기가 퍼붓고 있었다.

2월 18일 23:05

모든 동물 가운데 자신의 존재에 대해 생각하는 생명체는 인간뿐이다. 인간은 삶의 의미를 묻고, 왜 살고 왜 죽어야 하는지 곰곰이 생각한다. 인간은 스스로 자기 삶을 끝낼 수 있고, 실제로 그런 선택을 할 수 있다는 사실을 명확하게 알고 있는 유일한 존재다. 사실상 우리 몸은 수백만 개의 세포 덩어리에 지나지 않는데도 말이다. 이 세포들이 해야 할 일을 제대로 할 수 있도록 만든 건 누구일까. 세포들은 계속 바뀌고, 사라지고, 죽어가며 새로운 세포로 교체되는데, 나는 어떻게 나일 수 있을까.

세포에 생명이 깃들어 있다. 아주 작은 핵에, 얇디얇아서 쉽게 침투할 수 있는 외피에…….

2월 20일 18:30

시리가 내 목도리를 빼앗아서 목에 두르고 마지막 수업을 들으러 갔다. 이제 내 목도리에서는 예전과는 완전히 다른 냄새가 난다.

2월 21일 23:50

아빠가 방금 전화해서 울먹이며 엄마 얘기를 했다. 가끔 아빠가 이렇게 감정적으로 구는 게 나는 정말 싫다. 내 아버지 역할을 하는 게 그렇게 힘이 드나?

전화를 끊었다. 아빠는 다시 전화하지 않았다.

3월 2일 22:40

구글에서 '멸종 위기 동물'을 검색했더니 검색 결과가 25만 6천 개나 나왔다. 실제로 얼마나 많은 동물이 멸종 위기에 처해 있는지 정확하게 아는 사람은 아무도 없다.

멕시코 유카탄 반도에서 바닷물이 빠졌을 때, 지하 동굴에는 작은 물고기들이 남았다. 눈이 멀고 거의 투명한 물고기들. 눈 대신 젖꼭지 비슷한 감각 기관인 돌기가 발달해 있다. 이 돌기는 방향을 잡는 데 쓰인다. 주둥이 주변에는 아주 아주 가느다란 털이 나 있다. 짧고 섬세한 일종의 수염이다.

이 동굴 물고기는 6천5백만 년 전부터 완벽한 암흑 속에서 살았다. 공룡이 멸종된 무렵부터다. 길이는 10센티미터 정도이고, 조명을 받으면 연분홍 색깔로 흐릿하게 빛난다. 새끼는 크기가 아주 작지만 형태가 모두 갖추어져 있다. 이들은 석회가 함유된 종유석과 석순 틈에서 산다. 길고 멋진 지느러미!

그런데 관광 산업과 환경 오염이 이 물고기의 삶을 위협하고 있다.

'동족'이란 무엇일까?

난 불을 모두 끄고 어두운 방에 홀로 앉아 있다. 바다에 살지 않는 이 물고기와 내가 동족이라는 느낌이 불쑥 든다.

3월 4일 02:15

오늘 저녁에 시리와 미친 듯이 키스했다. 우리 둘 다 멈출 생각이 없었고, 멈출 수도 없었다. 서로 몸을 잡아당겨서 입술이 닿는 모든 부분에 키스했다. 달콤했다. 이런 일이 언제 또 생길까?

3월 5일 17:40

학자들이 밝혀낸 바로는 새들도 꿈을 꾼다. 짝짓기 하는 꿈이다. 새들이 노래를 하는 이유도 함께 새끼를 낳을 수 있는 적당한 짝을 찾기 위해서다. 새들은 짝을 짓고, 새끼를 낳아 기르고, 그리고 이 과정을 다시 처음부터 반복하는 것에만 평생을 집중한다. 오로지 그 일에만. 이렇게 간단하다.

어릴 때 봄에 새들이 지저귀는 건 기분이 좋아서라고 생각했다.

3월 8일 21:25

시리는 귀 바로 아래쪽 피부가 무척 희다. 난 시리의 머리카락을 올리고 바로 그 자리에 부드러우면서도 단단하게 키스한다. 시리 피부의 소금기를 맛본다. 시리가 내 등 뒤로 손을 뻗어서 벨트 아래로 손을 넣는다. 가느다란 손이 느껴진다. 체육 시간을 알리는 종이 울리자, 시리가 내 엉덩이를 찰싹 때리고는 미소를 지으며 날 바라본다.

3월 11일 04:20

밤은 조용해 보이지만, 어디선가 누군가는 언제나 일을 하고 있다. 야근을 하고, 배나 기차를 조종하고, 병원에서 환자를 돌본다.

남자 아기가 아주 작은 허파에서 첫 고함을 질러 대며 지금 막 태어나고 있는지도 모른다. 새빨갛고 노인처럼 쭈글쭈글한 얼굴이지만, 부모는 자기 아이니까 이 세상에서 제일 예쁘다고 생각하겠지.

부모는 그 어떤 경우라도 자기 아이를 사랑한다. 아닌가?

지금 어디선가 나처럼 불면의 밤을 지새우는 사람도 있겠지. 물끄러미 창밖을 바라보며, 날이 점점 밝아 오는 모습을 지켜보고 있을 거다. 내가 모르는 누군가가.

신문 배달원이 우편함을 달각, 여는 소리가 들린다.

3월 12일 06:40

시리가 내 방에 와 있었다. 그것도 밤새도록.

3월 17일 00:25

아빠가 오래 전에 보낸 엽서를 찾았다. 스웨덴 시가 적혀 있는 엽서다. 누가 쓴 시인지, 아빠가 왜 이걸 나한테 보냈는지 모르겠다. 보낸 날짜가 없다.

나비 날개는 약해

모든 생명체가 어디서나 살 수 있는 건 아니지

스스로를 보호한다는 말은 살아남는다는 뜻

하지만 바람이 자는 날도 늘 생기는 법,

그럴 때면 햇살이 따스하게 비치고

나비는 수련 그늘에서 떼 지어 날지

내가 왜 이걸 보관하고 있었을까?

3월 20일 03:07

바다거북은 대부분 아침에 육지에서 멀리 떨어진 바다에서 짝짓기를 한다. 신경 전달 물질과 페로몬을 분비하여 짝짓기 할 상대를 찾는다. 페로몬 향기가 배란을 촉진시킨다.

짝짓기를 하기 전에 애무를 하는지는 확실하게 모른다. 어쨌든 수컷을 받아들이기로 한 암컷은 수컷이 자기 목덜미와 앞다리를 물게 내버려 둔다.

수컷은 암컷의 등딱지 위에 수평으로 엎드려서 암컷을 꽉 움켜잡고는 생식기를 삽입한다. 수정은 체내에서 이루어진다.

짝짓기가 끝나면 수컷은 사라진다.

3월 22일 17:40

인터넷에서 검색을 해 본 뒤 노르웨이 과학기술대학교에서 생물학을 공부하기로 결정했다.

일단 지원을 해야 한다.

반년 뒤에는 대학생이다.

3월 27일 21:10

어떤 여자가 버스에 올라탔다. 순간 스베레는 눈알이 튀어나올 것 같은 표정을 지었다. 그 여자가 자리에 앉자마자 스베레가 크게 소리쳤다.

"젖이 무지 크다!"

난 재빨리 조용히 하라는 신호를 보내며 머리를 가로저었다. 그러자 스베레는 내가 자기 말에 동의하지 않는 줄 알고 흥분해서는 더 크게 떠들었다.

"정말이야! 엄청 크다니까? 한번 보라고!"

그러고는 그 여자를 향해 손가락질까지 했다!

버스 뒤쪽에서 킥킥대는 소리가 들렸다. 그 여자는 딱딱하게 굳은 얼굴로 앞만 노려보고 있었다. 난 이번에는 고개를 끄덕인 다음, 검지를 입술에 대고 입 다물라는 신호를 보냈다. 스베레는 무슨 말인지 알아들었지만 속삭일 줄 모르니 조금 전과 똑같은 톤으로 물었다.

"입 다물라고?"

이제 스베레도 뒤에서 킥킥대는 소리를 듣고 몸을 돌렸다. 히죽거리는 사람들을 보고는, 양손으로 커다란 유방을 만들어서 자기 가슴에 갖다 댔다. 박수가 쏟아졌다!

결국 우린 한 정거장 먼저 내렸다. 다행스럽게도 스베레는 내 말에 토를 달지 않았다. 버스가 떠나자마자 우린 웃음보를 터뜨렸다. 스베레는 여전히 자기 가슴에 커다란 유방을 만들며 몸을 비틀었다. 완전히 제정신이 아니었다! 우린 웃음을 멈출 수 없었다. 난 스베레가 바지에 또 오줌을 쌀까 봐 걱정스러웠다. 우린 치고받고 하면서 더 많이 웃었다.

미친 녀석!

3월 30일 03:10

꿈을 꾸다가 잠에서 깼다. 초록색 바다거북이 나를 향해 헤엄쳐 와서는, 우리 사이를 가로막고 있는 유리 벽에 몸을 부딪쳤다. 몇 번이나 계속. 바다거북과 시선이 마주친 순간, 내 안에서 이루 말할 수 없이 거센 갈망이 일었다. 바다거북을 품에 안고 싶었다.

나무에 새긴 것 같은 무늬가 딱딱한 커피색 등딱지에 있었다. 목덜미와 지느러미 옆의 부드럽고 하얀 피부. 마치 팔이 짧고 뚱뚱한 아이 같다. 바다거북이 우리 사이를 가로막고 있는 유리 벽에 와서 계속 부딪쳤다. 주둥이가 새 부리와 비슷해 보였다.

3월 31일 00:25

오슬로로 수학여행을 감.

노르웨이 방송국과 국회 의사당 구경. 상당히 괜찮았음.

버스를 오래 탔더니 피곤해서 질문 시간에는 잠이 들어 버렸다.

3월 31일 23:45

오슬로 중앙역에서 팔이 없는 젊은 남자를 봤다. 손이 어깨에 붙어 있었다. 가방끈을 배 위에 사선으로 걸쳤다. 붉은 가방에 검은색 가방끈. 저 남자는 어떻게 섹스를 할까? 자위는 어떻게 하지? 다른 사람과 어떻게 하나가 되나?

여자 친구는 있을까. 포옹할 팔이 없어서 어쩌지?

그 남자는 퇸스베르그로 가는 급행열차를 탔다.

4월 1일 18:20

마약 중독자가 맥도날드 종이컵을 손에 들고 인도에 앉아 있다. 매일 똑같은 자리에 있다. 볼 때마다 끔찍하다. 눈을 돌리기도 끔찍하다.

지저분한 옷, 바짝 마른 몸.

쉴 새 없이 움직이는 시선이 불안하다.

알아듣지 못할 말들을 하루 종일 중얼중얼. 계속해서!

이런 인생의 의미는 뭘까?

나가서 구걸하기. 마약을 한번 하거나 술을 마시거나 뭐 그럴 돈을 긁어모으기.

몇 번이고 반복해서.

그런 그의 모습에 구역질이 난다.

난 아무것도 주지 않았다. 호주머니에 있던 동전 하나도.

내가 얼마나 비열한 개자식인지 생각하니 속이 메슥거린다.

4월 2일 23:00

집에 돌아옴. 졸업식 때 입을 옷이 도착했다.

시리는 우리 바지에 똑같은 줄이 나게 다림질을 하자고 한다. 그래서 뭐하게?

스베레는 내 사진이 찍힌 초대장을 받고는 너무나 기뻐했다. 악수까지 청하며 고맙다고 했다. 뭘 좀 마시고 주말에 먹을 군것질거리를 사러 스베레와 함께 쇼핑센터에 갔다. 스베레가 치즈버거를 사 주겠다고 고집을 부려서, 그러라고 했다.

4월 3일 21:40

하늘을 어떻게 사고 팔 수 있단 말인가? 흙의 온기는? 우리는 그런 생각이 낯설다.

공기의 신선함과 물의 반짝임은 우리 것이 아닌데, 당신들이 어떻게 이걸 우리에게서 사 가겠다는 말인가?

인디언 추장 시애틀이 1855년에 프랭클린 피어스 대통령에게 보낸 편지에서 발췌. 내가 장담하건대, 대통령은 이 질문에 대답할 수 없었을 거다. 질문을 이해하지 못했을 테니.

백인의 허기는 땅을 삼키고 사막만을 남길 것이다. 백인들의 도시에는 봄에 벌어지는 꽃잎들의 소리나 곤충의 날갯짓 소리를 들을 수 있는 고요함이 없다.

1855년. 누군가 환경 보호라는 말을 꺼내기 100년도 더 전의 일이다.

내일까지 해야 할 노르웨이 어 과목 숙제. "이 편지를 토대로 글을 하나 쓰시오."

내가 쓴 글은 이렇다.

속삭임으로 미래를 위로할 수 있다고 믿는 너는 누군가?

곤충망으로 바람을 잡을 수 있다고 믿는 너는 누군가?

숲의 심장이 뛰는 소리를 듣지 못하는 너는 누군가?

허공에 난 새의 발자국을 보지 못하는 너는 누군가?

바다에 자기 이름을 쓰는 너는 누군가?

소유하고 있다고 믿는 너는 누군가?

수업 시간에 잠드는 너는 누군가?

이런 너는 누군가?

너는 누군가?

누군가,

나는?

4월 5일 13:20

어제 외이빈드네 집에서 파티를 했다. 라르스는 술도 약한 주제에 초반부터 달렸다. 그러다가 자정도 되기 전에 토하고 쓰러졌다. 멍청이 같으니.

난 맥주를 엄청나게 들이부었다. 모든 게 쉽고, 딱 좋았다. 시리는 가족 모임 때문에 할머니 댁에 간다고 했다. 시리는 그 자리에 없었다. 그래서 하마터면 마리와 키스할 뻔했다.

키스한 건 아니고, 할 뻔했다는 거다. 난 시리와 사귀고 있으니까.

마리는 정말 시끄럽다. 목소리가 보통 여자애들보다 최소한 한 옥타브는 높다.

그런데 내가 지금 이런 이야기를 왜 구구절절 쓰고 있지?

4월 6일 22:55

스베레에게 드디어 여자 친구가 생겼다! 이름은 안나. 작고 포동포동하며 안경을 썼다. 나이는 스베레보다 한 살이 많고, 다운 증후군이다. 물론 금발이다.

스베레는 오늘 안나를 만나러 갔다. 스베레는 안나에게 푹 빠져 버렸다! 사랑에 빠져서 바보처럼 킥킥거리며 하루 종일 안나, 안나, 오로지 안나 이야기만 한다.

"안나랑 잘 때는……."

"아니, 아니야. 스베레, 그런 것까지 나한테 얘기할 필요는 없어!"

"자는 건 비밀이야?"

"그래, 그런 문제는 비밀로 해 두는 게 좋아. 너랑 안나 두 사람만의 일이니까."

스베레는 그 비밀에 대해 말하고 싶어서 안달이 난 듯했다. 결국 입을 다물지 못하고 별로 듣고 싶지 않은 이야기들을 늘어놓았다. 기분이 좋아졌는지 꾸르륵거린다. 스베레는 안나가 선물한 목걸이에 계속 입을 맞췄다. 안나가 직접 만든 거라고 한다.

스베레에게 가장 큰 기쁨은 안나와 섹스를 하는 것이다. 후식으로 달콤한 아이스크림을 받고 신이 난 어린애 같다.

정말이지 순진하다.

4월 7일 02:15

시리는 언제나 환하게 빛난다. 나에게 다가오며 환하게 웃고, 내 주위를 빙빙 돌며 환하게 웃는다.

난 그렇게 시리가 미소 짓는 모습을 보면 가슴이 쥐어짜듯 아파 온다. 아마도 죄책감 때문이겠지.

반짝이는 눈과 치아, 내 입술에 살짝 닿았다가 떨어지는 입술. 시리가 내 이름을 부르면 난 죄책감을 느낀다. 내가 정말 잘못하고 있다는 생각이 든다. 난 시리 앞에서 연극을 하고 있는 걸까?

사랑을 하지 못하는 사람이 있다는 글을 어디선가 본 적이 있다. 혹시 내가 그런 사람일까?

4월 11일 23:55

오늘은 내 생일이다. 이제 열아홉 살이 되었다. 엄마와 단둘이 초콜릿 케이크를 먹었다. 우리 두 사람과 단내가 진동하는 지방 덩어리 케이크뿐.

이다르 아저씨는 트론헤임으로 출장을 갔다. 엄마가 생일인데 왜 시리를 집에 초대하지 않았냐고 물었다. 나는 시리가 종교 과목 숙제를 하느라 바쁘다고 대답했다. 물론 거짓말이다. 난 아직 시리가 엄마와 우리 집 소파에 나란히 앉아 내 이야기를 하는 모습을 볼 마음의 준비가 안 돼 있다.

어쩌면 내일 아빠가 내 생각을 할지도 모르겠다. 우연히 달력을 본다면 말이다. 그리고 우연히도 마음이 내킨다면 아마 축하한다고 문자 메시지를 보내겠지.

4월 13일 19:55

"더 많은 지혜는 더 많은 고통이라는 의미다."

오늘 수학 시간에 리네 선생님이 어떤 철학자의 말을 인용했다.

거꾸로도 성립하나? 더 많은 고통은 더 많은 지혜라는 의미일까?

고통을 통해 인생에 대해 더 많이 배운다. 행복보다 고통을 통해 더 많은 걸 배우나? 이렇게 물어보는 사람은 아무도 없었다. 아마 누군가 이런 질문을 했더라도 선생님은 대답하지 않았을 거다. 리네 선생님은 교과서에 나오는 내용만 이야기하니까. 그런데 오늘은 조금 예외였다. 선생님은 약간 괴짜이긴 해도 기본적으론 괜찮은 사람이다.

난 수학 책에 '위대한 지혜는 많은 고뇌를 뜻한다. 아는 게 늘어나면 고통도 늘어난다.'라고 썼다.

그러니 그냥 멍청한 상태로 사는 게 나을까?

4월 14일 00:20

온라인 과학 사이트에서 물고기의 통증 실험에 관한 글을 읽었다. 주둥이에 초산 주사를 맞은 연어가 수족관 유리에 주둥이를 문질렀다고 한다. 우리가 뜨거운 것에 데었을 때 손을 비비는 것처럼.

물고기들은 경험에서 배운다. 통증을 일으킨 물건과의 접촉을 피하는 것이다.

의식적으로 경험하는 통증과 피부의 통각 수용기를 통한 기계적 반응의 차이는 뭘까?

주관적인 인식과 생리적인 반응 사이의 경계는 어디에 있을까?

통증을 느끼지 못하는 종이 결국 살아남는 걸까?

4월 15일 04:40

꿈.

시리와 함께 버스에 타고 있다. 시리는 내 무릎에 머리를 기대고 있다. 난 무릎을 살살 흔들어 준다. 그러다가 문득 배낭이 없다는 걸 깨닫고는 시리를 난폭하게 밀쳐 낸다. 버스 안을 이리저리 뛰어다니며 배낭을 찾기 시작한다. 버스가 멈추기 전에 배낭을 찾아야 한다! 맥박이 미친 듯이 뛴다. 내가 갑자기 운전석에 앉아 있다. 내 난폭한 운전에 뒷좌석의 승객들이 분노의 고함을 질러 댄다.

그런데 잠깐. 난 아직 운전면허도 없다. 사람들이 이제 곧 그 사실을 알아차릴 거란 생각에 브레이크를 밟으려 하지만, 페달이 너무 많아서 뭐가 뭔지 알 수가 없다. 그때 핸들이 떨어져 나온다. 나는 핸들을 손에 든 채, 앞에 서 있는 구식 화물차의 붉은 브레이크 등을 노려본다. 시리가 뒤에서 손을 내 스웨터 아래로 넣었다가 다시 내 머리카락을 헝클어트린다. 성가시고 끈질긴 손동작. 시리가 웃는 소리가 들린다. 나는 풀린 핸들을 손에 쥔 채 몸을 돌린다. 경멸로 가득 찬 시선들이 나에게 꽂힌다. 세차게 브레이크를 밟는 소리에 잠이 깬다. 땀에 흠뻑 젖고, 양심에 가책을 느끼며.

4월 18일 23:00

스베레와 자전거를 탈 수 있는 하프파이프가 있는 야외로 소풍을 갔다. 우리는 사람들을 구경했다.

어린 남자애가 자전거 타는 연습을 하고 있었다. 보조 바퀴가 달린 반짝이는 새 자전거. 남자애가 아빠에게 보조 바퀴 없이 타 보겠다고 했다. 아이의 아빠는 한 손을 짐받이에 올린 채 옆에서 자전거가 쓰러지지 않도록 잡아 주며 함께 달렸다. 하프파이프와 모래 놀이터를 지나고, 공놀이 하는 곳을 지나 나무가 많은 곳으로 가서 울타리를 따라 주차장까지 달렸다. 그러고 나서 다시 한 번 반복.

아이의 아빠는 땀을 뻘뻘 흘리고 있었다. 아이는 무척 즐거워 보였다.

그러다가 아빠가 손을 놓았다. 아이가 그걸 알아차리자마자 자전거가 균형을 잃고 쓰러졌다. 엄청난 울음소리.

"아빠, 놓지 말라고!"

아이의 헬멧이 비스듬하게 내려와 있었다.

그런 다음 두 사람은 한동안 벤치에 앉아 있었다. 아빠는 아이의 콧물을 닦아 주고 안아 주었다. 아이스크림도 사 주었다. 얼마 뒤에 둘은 일어나서 다시 연습하기 시작했다.

"너 자전거 탈 줄 알아?"

스베레가 물었다.

"그럼."

"아빠한테 배웠어?"

"아니, 아빠가 아니라 엄마."

"너희 엄마?"

"어."

"알았어."

이상할 정도로 더웠다. 스베레와 나는 티셔츠 차림이었다.

4월 19일 03:50

방금 싱글 대디와 아들 이야기를 다룬 할리우드 로드 무비를 보았다.

둘은 사이드카가 달린 커다란 오토바이를 타고 워싱턴 D.C.에서 캘리포니아 주 로즈빌로 향한다. 아버지는 알코올 중독이다. 어린 아들은 술병 안에 있는 술을 모두 쏟아 버린다. 비가 내리고, 눈물이 흐르고, 오토바이도 망가지지만, 두 사람은 결국 대륙의 반대편에서 새로운 삶을 찾는다.

어릴 때 엄마는 나를 데리고 자주 극장에 갔다. 난 커다란 팝콘 봉지를 무릎에 놓고 접이식 의자에 앉아 있었다. 자기 가족을 찾아 떠난 개에 대한 영화를 본 기억이 지금도 생생하다.

"이 영화, 아빠가 만든 거야?"

내가 물었다.

집에 돌아오는 차 안에서 나는 토하다가 울고, 울다가 또 토했다. 엄마는 "이게 다 팝콘 때문이야."라고 말했다.

4월 20일 02:05

바다거북 일곱 종 가운데 여섯 종은 열대 바다 산호초에 산다. 수천 종의 물고기, 기이하게 생긴 알록달록한 식물들, 완벽한 환상의 세계!

산호는 방어력이 없는 동물로, 바닷말과 공생 관계다. 너무 높은 수온과 너무 높은 수중 이산화 탄소 수치, 지나치리만큼 귀찮게 구는 관광객들은 산호에게 스트레스를 준다. 산호는 스트레스를 받으면 바닷말을 떨어낸다. 사실은 바닷말에게 의존해야 하는데도 그렇다. 바닷말을 떨어내면 산호는 빛을 잃고 병이 든다. 최악의 경우에는 죽기도 한다. 산호가 죽으면 생태계 전체가 위험해진다. 갈색과 흰색의 산호 잔해는 종말 이후를 다룬 영화 속 한 장면을 떠올리게 한다. 온통 파괴된 세상 말이다. 섬뜩하다. 이건 공상이 아니다. 우린 이미 그 파괴된 세상 한가운데에 있다. 바로 이 순간, 내가 여기 앉아 있는 이 시간에도 벌어지는 일이다.

산호 숲은 예민하다. 해양 생물학자들은 산호 숲이 바다의 아마존이라고 말한다. 산호 숲은 이미 파멸 선고를 받은 걸까?

지구의 기온은 계속해서 상승하는데, 우리는 점점 더 많은 이산화 탄소를 배출한다.

4월 21일 23:45

안나가 스베레를 자기가 알고 지내는 다운 증후군 그룹의 음악회에 초대했다. 나는 같이 가 주겠다고 스베레에게 제안했다. 음악회는 섬에 있는 문화 회관에서 열린다. 스베레는 그곳에 가려면 페리를 타야 한다는 사실을 오늘 저녁에 불현듯 깨달았다.

"나, 페리 타기 싫어!"

"그러지 마. 분명히 재밌을 거야."

내가 말했다.

"나, 수영할 줄 몰라!"

스베레의 눈에 공포가 가득했다. 난 그 상황에서 할 수 있는 말 중에 가장 바보 같은 말을 골랐다.

"말도 안 되는 소리 작작해라, 제발 정신 좀 차려!"

"내가 물 밑에 가라앉으면?"

스베레가 고래고래 소리를 질렀다.

"말도 안 되는 소리 좀 그만하라고!"

우린 다퉜다. 스베레는 바다를, 그리고 페리를 비롯한 온갖 종류의 배를 엄청나게 무서워한다.

"가라앉을 일은 없어! 페리는 안전하다고!"

소용이 없었다. 스베레는 일어날 수 있는, 혹은 일어나지도 않을 온갖 일들을 상상하는지 숨을 거칠게 내쉬었다. 난 한마디를 더 보탰다.

"네가 이렇게 겁쟁이라는 걸 알면 안나가 너를 어떻게 생각하겠어?"

그러자 스베레가 나를 때렸다. 둥글고 커다란 주먹이 내 귀를 향해 돌진했다.

스베레는 의자에 주저앉아 양팔로 머리를 감쌌다.

한동안 침묵이 이어졌다.

"좋아, 스베레. 페리 타기 싫다는 거지. 결정은 네 몫이야."

내가 말했다.

스베레는 눈물에 젖은 얼굴로 나를 바라보았다. 뭔가 말하고 싶어 하는 듯한 눈빛이었지만 나는 알아듣지 못했다. 나는 손을 내밀며 미안하다고 했다. 그러자 스베레가 일어나서 나를 안았다.

여린 스베레.

몇몇 거북이들은 머리를 딱지에 완전히 집어넣어서 자기 자신을 보호할 수 있다. 스베레는 단단한 딱지가 없다.

4월 22일 02:25

스베레는 수영장에서 언제나 실내화를 신는다. 물에 들어가기 전에 풀 가장자리에 실내화를 가지런히 벗어놓고, 몸을 돌려서 사다리를 내려간다. 내가 '수영'이라는 말을 꺼내지 않는 한 만사 오케이다. 그 말만 하지 않으면 스베레는 겁을 먹지 않는다. 우린 공을 이리저리 던지고 물장구를 치기도 하면서 어린이용 풀에서 논다.

난 물속에서 수영을 하다가 스베레 바로 앞에서 물 위로 솟구쳐 오른다.

"스베레, 물고기가 되면 어떨 것 같아?"

"물고기는 말을 못 하지!"

스베레가 웃으며 크게 소리 지른다.

옥색으로 흐릿하게 빛나는 물속에 있자니 어릴 때 읽은 책이 생각난다. 내용을 기억하는 책은 정말 이상하리만큼 드문데, 이 책은 기억이 난다. 대구 떼와 친구가 된 킴이라는 외로운 남자아이의 이야기다. 킴은 대구 떼와 함께 헤엄친다. 마지막에는 집을 떠나 물속으로 들어가서 물고기로 변한다.

그때부터 아이는 바다에서 살아간다. 난 어릴 때 책을 보면 이야기가 '나중에' 어떻게 전개될지 궁금해서 참을 수가 없었다.

킴의 이야기는 결말이 해피 엔딩인지 아닌지 판단할 수 없었다.

4월 24일 05:05

자두나무에 빗방울이 후드득후드득 떨어진다. 나뭇가지는 아직 잎이 없어 벌거숭이 같지만, 이르게 피는 하얀 꽃송이들이 벌어지며 4월의 비를 홀짝홀짝 천천히 마시고 있다.

내 옆에서 잠든 시리는 가까우면서도 아주 멀리 있다. 진지한 얼굴이다. 나는 그대로 누워서 시리를 자세히 바라본다.

우리 둘 사이에 있는 냄새를 들이마신다. 나는 시리의 어깨와 가슴에, 허리의 곡선에 입 맞추는 걸 좋아한다. 조심스럽고 부드러운 키스. 내 혀는 시리의 살갗에 남아 있는 밤의 향기를 맛본다. 눈에 보이지 않는 밤의 흔적을.

그러다가 언젠가 한번 시리가 깼지만 눈을 뜨지는 않았다. 그저 내 살갗에 키스만 했다. 내가 자기 살갗에 하듯이. 몸의 언덕과 계곡을 더듬는 눈먼 입술들.

아직 아무것도 볼 수 없는 배고픈 새끼 고양이들.

4월에 내리는 비는 차다. 자두꽃은 그날 밤의 꽃봉오리만큼이나 희다. 내 방 창문 앞 나무는 사방으로 가지를 뻗는다.

4월 25일 21:30

집 뒤쪽 오솔길에 죽은 들쥐가 있다. 밝은 색 털가죽이 덮인 배를 위로 향한 채 등을 대고 누워 있다. 방어력이 없는 들쥐. 가까이 다가가자 이빨과 수염, 흰 손가락처럼 보이는 발톱이 눈에 들어왔다. 흰 발톱을 몸 앞으로 들고 있다. 마치 잠든 아기의 손 같다. 얼굴 바로 앞에 놓인 손.

왠지 사람과 비슷해 보인다.

죽은 원인은 알 수 없다.

4월 27일 04:40

어제 엄마와 이다르 아저씨가 칠레로 여행을 떠났다. 칠레 여행은 엄마가 십 대 때부터 간절히 바라던 꿈이다. 살바도르 아옌데가 쿠데타 세력을 피하려고 권총 자살한 대통령궁을 보는 것. 그는 패배의 치욕을 견디지 못했다. 1973년 9월 11일은 엄마의 9·11 사태다.

집은 고요하다. 나지막한 소음이 이제 더 또렷하게 들린다. 내 방 창문 앞에서 고슴도치 한 마리가 바스락거리며 풀밭을 돌아다닌다. 어릴 때처럼 고슴도치에게 비스킷을 가져다 주고 싶다. 야행성 동물 두 마리의 만남이 될 테니.

고슴도치야, 반가워!

4월 27일 23:40

시리와 오늘 끝냈다.

쉴 새 없이 내 몸을 만지는 시리의 손이 거미의 발처럼 느껴져서 밀어내고 싶었다. 더는 견딜 수 없었다.

시리는 매력적이고 귀엽고 사랑스럽고 똑똑하다. 그런데도 모든 게 잘못되었다는 느낌이 불쑥 들었다. 어쨌든 내 느낌은 그랬다.

시리는 아무 말도 하지 않았다. 그저 가만히 서서 나를 바라보기만 했다.

아마 놀랐던 것 같다. 그러더니 나를 안고 목덜미에 살짝 입을 맞추었다. 그러고는 뛰어갔다.

사실은 나도 시리만큼 놀랐다. 그런데도 그렇게 했다. 이제 끝났다.

시리의 입술이 닿았던 느낌이 지금도 목덜미에 남아 있다.

4월 28일 05:15

남아메리카와 중앙아메리카 해안선을 따라 2,3천 킬로미터를 헤엄치는 거북이들도 많다. 또 어떤 거북이들은 대양의 섬들로 향한다. 하지만 나중에는 자기가 알을 깨고 나온 모래사장으로 모두 돌아올 수 있다. 어떻게 그럴 수 있을까? 길잡이로 삼는 것은 뭘까?

암컷은 만족할 만큼 적당한 장소를 오랫동안 찾는다. 그곳 모래에 구덩이를 파고 알을 낳는다. 초록 바다거북은 한 번에 평균 110개의 알을 낳는다. 계속 쏟아져 내리는 무거운 모래에 구덩이를 파는 건 힘겨운 일이다. 몇 시간이나 걸릴 수도 있다. 알을 낳으면 거북이는 구덩이를 다시 덮는다. 그러고는 둥지를 떠나 바다로 돌아가서 헤엄쳐 사라진다. 후손들은 혼자서 힘닿는 데까지 잘 헤쳐 나가야 한다.

'아요트친틀리'는 멸종 위기에 놓인 바다거북의 생존을 위해 일하는 기구다. 생물학자들과 환경 보호 운동가들은 최신 정보와 사진을 인터넷에 지속적으로 올린다. 아요틀(Ayotl)은 아스텍인들의 언어인 나우아틀 어로 거북이다. 아요트친틀리는 '작은 거북이'라는 뜻이다.

4월 29일 23:50

초등학교 때 썼던 프로젝트 수업 노트.

고슴도치 사진에 두꺼운 연필 선이 잔뜩 그어져 있다.

다음 쪽에 나는 이런 글을 썼다.

고슴도치의 특징:

-고슴도치는 밤에 잘 돌아다닌다.

-우유를 좋아하지만 먹으면 안 된다. 설사를 해서 죽을지도 모르니까.

-고슴도치는 살모사를 죽일 수도 있다.

-먹이를 찾아 몇 킬로미터나 이동한다.

-고슴도치는 동굴에서 잠을 자고, 10월부터 4월까지는 잎 더미나 쓰레기 더미에서 겨울잠을 잔다.

-고슴도치는 고슴도칫과에 속하며, 약 8천 년 전부터 노르웨이에 살고 있다.

-고슴도치는 멸종 위기에 처해 있다. 도로가 너무 많고, 사람들이 정원을 너무 깔끔하게 정리하기 때문이다.

-고슴도치는 달팽이와 지렁이, 딱정벌레와 개구리, 알파벳이 쓰여 있는 비스킷을 먹는다.

-고슴도치는 겁이 나면 가시 돋은 공처럼 몸을 둥글게 만다.

4월 30일 01:10

시리가 보낸 문자 메시지 : 왜?

대답할 수 없다. 날 짜증나게 한 것들은 우스울 만큼 너무나도 사소했다. 비이성적인 반응. 나 스스로도 그 이유를 모르겠다.

"왜?"에 대한 대답으로 목록을 적어 보지만, 시리가 이걸 보는 일은 결코 없을 거다.

1. 네이비블루 브래지어의 뽕
2. 내 머리카락을 끝없이 한없이 계속 만지고 빙빙 돌리던 일
3. 섹스가 끝나면 내가 자기를 더럽히기라도 한 듯이 곧장 욕실로 달려가던 일
4. 어떤 상황에서도 계속 미소 짓던 일. 그거 때문에 정말 미칠 뻔했다.
5. 내 옷을 빌려 입고 자랑하듯 다른 사람들 앞에 나타나던 별난 취미. 도대체 왜 그러는데?
6. 우리가 떨어져 있을 때면 보내던 수천 통의 문자 메시지
7. 반짝이 하트가 달린 분홍색 티셔츠
8. 식사 전에 언제나 "손 씻어."라고 했던 일
9. 비닐봉지를 죽어라고 계속 접던 일

4월 30일 23:25

'외로운'이라는 말을 검색해 본다.

남대서양의 부베 섬은 세상에서 가장 고립된 섬으로 알려져 있다. 섬은 현무암 화산의 일부다. 거친 바다 한가운데 솟아 있는, 면적이 49평방킬로미터에 불과한 섬.

육지에서 멀리 떨어져 있고, 절벽 해안이라서 접근하기 어렵다. 섬 주변 바다에서는 남극 크릴새우와 빙어에 관한 연구가 이루어진다. 측정 결과는 다주파 음향 측심기 데이터로 분석한다. 다양한 종들은 음향 측심기의 소리 신호에 각각 다르게 반응한다. 종들의 '음향 기호'는 그렇게 정해진다. 소리 신호에 따른 신원 확인.

졸업식 준비로 모두 들떠 있다. 오늘은 경기장에 모두 모였다. 토레와 요나스가 "도대체 어디 있는 거야?"라고 문자 메시지를 보냈다.

내가 졸업식에 가서 뭐하게? 나중에 시리가 전화했을 때는 휴대 전화를 꺼 버렸다.

5월 1일 17:30

아옌데 대통령은 거대한 대통령궁 집무실에 홀로 갇혔다. 집무실은 덫이 되었다.

쿠데타 세력은 대통령궁 안팎에서 날뛰었다.

그는 바깥에서 벌어지는 일을 어느 정도나 알았을까? 마지막 순간에 어떤 생각이 머리를 스치고 지나갔을까? 가장 두려웠던 건 뭘까?

총을 꽉 움켜쥐고 있었을까?

1973년에는 휴대 전화도 없었을 텐데.

5월 2일 02:20

엄마와 이다르 아저씨가 산티아고에서 보내온 소식. 지하철 운행 시스템을 드디어 알아내서 여기저기 누비고 다닌다고 한다. 관광 명소란 곳은 죄다 구경하고 있다고.

그것 말고는?

손을 잡고 대로를 산책하다가 야외 카페에서 프라푸치노를 마신다. 두 사람은 천생연분이다.

오늘 오후에 스베레와 수영장에 가야 하는데, 전화로 아프다고 했다.

거짓말이었다.

5월 3일 04:50

어떤 회사가 거북이들이 어업 장비에 걸려서 다치지 않도록 둥글게 굴린 낚싯바늘을 개발했다. 매년 바다거북 25만 마리가 낚싯줄과 그물에 걸려 죽는다. 숨을 쉬러 수면으로 올라오지 못하면 죽으니까.

가난한 현지 어부들에게 거북이는 죽었을 때가 가장 값어치 있다.

5월 3일 18:45

오늘은 커튼을 젖히지도 않았다. 새벽 3시에서 4시 사이에 깼다. 눈먼 물고기 사진을 다시 한 번 들여다보았다. 피부가 투명하다. 내장이 검은 점처럼 보인다. 몸 안에 들어 있는 어두운 무게 중심.

넌 그 지하 동굴에서 얼마나 더 버틸 수 있니?

5월 4일 03:55

두건을 비스듬하게 쓰고, 하얀 토끼를 품에 안고 있는 사내아이 도자기 인형이 책장에서 떨어졌다. 머리가 부러져 서랍장 아래로 굴러 들어갔다. 이번이 처음은 아니다. 지난번에 떨어졌을 때는 엄마가 머리를 다시 붙였다.

5월 4일 22:00

알에서 막 깨어난 거북이들이 자그마한 앞지느러미를 모두 함께 움직이면 덮개처럼 구덩이를 덮고 있던 모래가 아래로 주르륵 흘러내린다. 그러면 거북이들은 햇볕이 내리쬐는 바깥으로 차례차례 기어 나간다. 잠깐 눈을 깜박이다가 냄새를 맡으며 방향을 잡고, 바다로 향하는 최단 거리를 탐색한다. 백 마리가 넘는 이 작은 생명체가 하나의 부대를 이루어 움직이는 것이다. 길이는 5센티미터, 무게는 52그램에 불과하다. 수컷은 다시는 육지로 돌아오지 못할 확률이 높다.

새끼들은 이른 아침이나 구름 낀 오후에 부화할 때가 많다. 운이 나쁘면 타는 듯한 햇볕이 내리쬐는 한낮에 나오기도 하는데, 그러면 물에 닿기 전에 말라죽을 위험에 처한다. 거북이들은 알에서 깨어나는 순간부터 본능에 의해 움직인다. 모든 거북이의 목표는 똑같다. 바다로 가기, 먹고 번식하기.

이들의 본능을 조종하는 것은 무엇일까? 세상에 나오자마자 어디로 가야 하는지를 어떻게 알지? 길을 어떻게 찾을까?

아요트친틀리, 위대한 바다의 꿈들은 너를 어디로 인도해 가니?

5월 6일 03:10

잠을 잘 수도, 깨어 있을 수도 없다.

내 몸속의 시간과 바깥세상의 시간이 이제 더는 일치하지 않는다.

오늘도 학교에 가지 않았다.

아무도 전화하지 않는다. 내가 없다는 걸 아무도 알아채지 못한다.

5월 6일 21:25

아빠에게서 메일이 왔다. 분명히 엄마가 아빠에게 연락하라고 했을 거다. 메일엔 지금 작업 중인 영화 이야기뿐이었다. 아빠 머릿속에는 영화밖에 없다.

5월 8일 05:40

또 버스를 타는 꿈. 나는 운전석 뒤쪽 바닥에 앉아 있다. 페달에 발이 닿으려면 다리를 뻗어야 한다. 초록색 페달. 핸들은 다른 사람이 잡고, 나는 브레이크를 책임지고 있다. 그러다가 내가 클러치 페달을 밟고 있다는 사실을 깨닫는다. 브레이크는 오른쪽 제일 끝에 있는 페달인데, 그 전까지는 눈에 띄지 않았다. 운전사는 얼어붙은 연못으로 휘어져 들어가 차를 세운다. 모두 바깥으로 뛰어나간다. 나는 저 멀리 얼음에 뚫려 있는 커다란 구멍을 본다.

갑자기 승객들이 모두 차에 다시 올라탄다. 운전사는 시동을 걸고 페달을 이것저것 밟는다.

난 여전히 바닥에 반쯤 누운 채, 내 머리 위를 오가는 다른 사람들의 고함을 듣는다. 시리와 이다르 아저씨도 거기 있지만, 아무도 나와 말을 하지 않는다.

5월 10일 03:20

엄마와 이다르 아저씨가 내일 돌아온다.

식기세척기에서 악취가 풍긴다.

싱크대는 피자 박스로 넘쳐난다.

내 배 속에서 어둠이 자란다.

그 어둠이 눈 뒤쪽을 누른다.

이제 자야 할 텐데.

5월 11일 03:42

정원에 노루 가족, 어미와 새끼 두 마리.

자두나무 그늘 아래서 풀을 뜯다가 다른 집 정원으로 넘어 간다.

피오르에 배가 한 척도 보이지 않는다.

이제 그만 써야겠다.

그래서 우린 단단히 붙들려 한다

엄마의 기억들

on our arrival
seemed to know
we were welcome
us ten. was
us. The fact
the Stars & Stripes
very much in
nce gave us a
g that we were
ome. The streets
ery hilly about
id not mind
much as we
interested in
ery interesting
& many beautiful
& old fashioned
ings were passed.
ave modern
niences here
not have to go
d the corner".
ads seem
gs but are
like in England.
e small
gs as well as
e city most of

the building
stone and li
little fram
is seen.
The people
very acco
and seem a
to help us i
ways. They
behind time
their farm
and should
modern m
Oxen are u
horses and
cracked by
altho streets
crushed, st
Country bea
valleys wonder
nearly always
one can see a
People in villag
room in most
Barn being m
Beds are high & f
built in wall
being used. We

기차가 내 몸을 그냥 지나간다……

기차가 내 몸 한가운데를 뚫고 지나간다. 나는 침대에 누워 있다. 기차 소리, 선로가 노래하는 소리가 들린다. 쇠의 노랫소리.

기차가 천둥소리를 내며 내 가슴을 지나간다.

심장 바로 아래에 있는 갈비뼈를 부순다.

뼛조각이 사방으로 튄다.

가슴으로 들어가고, 등으로 나오는 기차.

내 몸을 통과하는 터널. 바람이 밀려 들어가 구멍을 채운다. 얼음처럼 차가운 소용돌이 바람.

양손으로 이불을 움켜쥔다. 하얀 이불. 하얀 냄새를 맡으며 눈을 꼭 감는다.

소음이 점점 잦아든다. 기차가 떠난다. 지나갔다.

이번은, 오늘 밤은.

잠을 잘 수 없다. 몸에 이렇게 거대한 구멍이 뚫려 있으면. 이불이 너무 얇다. 게다가 얼음처럼 차가운 바람.

교차로, 교통 표지판……

네가 쓰던, 도로가 그려진 어린이용 양탄자는 피범벅이 되었다. 성인의 몸에는 5리터에서 6리터의 피가 있다. 네 몸에 들어 있던 5리터의 피는 양탄자 위에 그려진 교차로와 교통 표지판과 공원에 뿌려졌다. 소방서에도.

넌 매치박스 미니카를 굴리며 양탄자 위를 이리저리 달렸다. 등을 위로 치켜들고, 온통 정신을 집중한 얼굴은 아래를 향한 채 네 발로 기어갔다. 넌 교통 표지판을 한 상자 가지고 있었는데, 그걸 양탄자 위에 흩어 놓았다.

난 매일 저녁 자러 가기 전에 네 방에 살짝 들어가서 이불을 여며 주었다. 넌 잠이 들어 있었다. 난 네 이마에 입 맞추며 속삭였다.

"미셰, 잘 자라."

방이 어두워서 그만, 나는 바닥에 있는 장난감 자동차를 밟았다.

표지판이 내 발밑에서 딱, 소리를 내며 부러졌다.

이다르가 양탄자를 말아서 검은 쓰레기봉투에 넣었다. 걱정했던 것만큼 냄새가 끔찍하진 않았다. 난 쓰레기를 버리러 같이 갈 수 없었다. 그런데도 네 피가 묻은 쓰레기봉투가 소각장 바닥에 떨어져 부딪치는 둔탁한 소리가 계속해서 들린다.

갇힌 새들……

내 목 안에는 갇힌 새들이 날아다닌다. 어둠 속에서 날갯짓하다가 벽에 부딪친다. 날갯짓 소리가 더 커진다. 벽들 사이에서 메아리가 울리다가 귀로 올라온다. 귓속에서 울리는 메마른 찰싹거림. 불쌍한 새들.

새들은 어둠 속에서 아무것도 볼 수 없다. 날개를 펼 수 없다. 몸을 뻗을 수 없다. 어둠에 눈이 멀었다. 눈이 보이지 않는 상태로 갇혀 있다. 방향 감각을 잃고 공포에 질린 채 그 안에서 이리저리 날아다닌다. 날다가 어딘가에 계속 부딪친다. 그 자리를 벗어날 수 없다. 위로 올라가지도, 아래로 내려가지도, 바깥으로 나오지도 못한다.

끔찍하게 겁에 질려 있겠지. 동그랗고 검은 새의 눈. 나는 양손을 내 목에 얹는다.

네 손……

내가 제일 오래 본 건 네 손이었어. 네 손은 노란색이었다. 네 얼굴보다 더 오랫동안 손을 바라보았다. 네 손이 정말 아름답다고 생각했다. 네 아버지처럼. 난 그 손을 사랑했다. 아주 오래 전에.

그 손에 먼저 빠졌지. 길고 강한 손.

난 그 손을 만지는 걸 좋아했다. 내 손을 그의 손 안에 넣는 걸 좋아했지. 그의 손이 내 손을 꼭 쥐는 것도 좋았다. 그가 벗은 내 옆구리를 손바닥으로 쓰다듬는 것도. 겨드랑이부터 허리, 그리고 허벅지까지 조심스럽게 쓰다듬던 손. 그의 손가락 하나하나를 모두 사랑했다. 그의 손가락 끝이 어떤 맛이었는지, 지금도 기억한다.

넌 바닥에 앉은 채 죽어 있었다. 난 네 아버지의 손을 떠올렸다.

거리를 따라……

난 무거운 돌덩이를 배 속에 내내 넣고 다닌다. 그 무게가 나를 앞으로, 아래로 당긴다. 넘어지면 안 된다. 똑바로 걸으려고 애를 쓴다. 배에 돌덩이를 넣은 채 거리를 걷는다.

힘이 너무 많이 든다. 넘어지지 말자. 등 근육이 아프다. 온 힘을 다해 몸을 빳빳하게 편다. 돌덩이가 나를 채운다. 배 속에서 움직인다. 움직이면서 위벽을 누르고 비빈다. 구역질이 난다.

아래를 내려다본다. 도로를 본다. 아스팔트에 난 틈새. 토하면 안 돼. 인도에 남자아이들이 보인다. 주변에 왜 이렇게 남자아이들이 많은지 모르겠다. 살아 있는 아이들이다. 그 아이들이 웃는다. 아이들의 손이 보인다. 이리저리 뛰면서 서로 밀치는 아이들. 움직이는 몸, 목에서 펄럭이는 머플러.

나는 걷고 또 걷는다. 슬픔은 몸 안에 든 무거운 돌덩이다. 넘어지지 말자. 그저 넘어지지만 말자.

신부님이 우리 집 소파에 앉아 계신다. 잿빛 성직자 셔츠, 좁고 하얀 깃. 신부님의 입술이 움직인다. 웅웅거리는 목소리는 들리지만 내용은 잘 들리지 않는다. 신에 관한 말, 암벽 낭떠러지 위에 있는 잎사귀 이야기, 새에 관한 말. 나는 귀를 기울이지 않는다. 힘이 없다. 듣고 싶지 않다. 신부님이 빨리 가 버렸으면 한다. 벌거벗은 암벽에 흩날리는 잎사귀가 싫다. 신이 싫다. 그 신이 내가 기어가서 품에 안길 수 있는 엄마라면 몰라도. 나를 안아 올리는 팔. 양쪽에서 나를 안고 "우린 언제나 널 꼭 잡고 있을 거야."라고 말하는 엄마와 아버지.

"필요하시면 언제든지 전화하세요."

신부님이 문을 나서며 말한다.

나는 그날 저녁에 바로 신부님에게 전화를 걸어 내 이름을 말한다. 그 다음에는 아무 말도 할 수 없다.

"지금 가겠습니다."

신부님은 그 말만 한다.

그가 왔다. 우리는 이야기하고 또 이야기한다. 나는 5리터의 피와 5리터의 비명을, 5리터의 정적을, 내 발밑에서 부러진 교통표지판을 이야기한다.

블라우스로 눈물이 떨어진다. 신부님이 휴지를 가져오려고 자리에서 일어난다.

"아들을 위해 우십시오. 미셰를 위해."

신부님의 말에 내가 대답한다.

"예."

배가 거기 있는지 본다……

네 방문을 열고 들어갔다. 창밖을 내다보았다. 피오르에 배가 있는지 보려고. 눈이 녹았을까? 강물이 더 불어났을까?

그러고는 네 침대로 시선을 돌렸다. 베개와 네 머리카락. 베개에 놓인 갈색 곱슬머리. 이불 위로 드러난 맨 어깨와 견갑골. 머리 위로 들어 올린 팔. 다 자란 몸. 머리카락에 묻힌 얼굴.

아니, 베개에 네 머리카락은 없었어. 너는 침대에 누워 있지 않았다. 나는 매일 아침 너를 찾지만, 너는 거기 없다.

네 컴퓨터는 꺼져 있다. DVD들은 비닐봉지에 담겨 서랍장 아래 쌓여 있다. 네 메달과 자전거용 신발, 아이팟.

옷. 네 물건들. 네 물건을 어떻게 해야 할까? 원래 있던 대로 그냥 놓여 있는데.

방 가운데 서서 주변을 둘러본다. 내 팔은 아래로 축 늘어져 있다.

커다란 마름모……

넌 커다란 마름모무늬가 있는 침대보를 제일 좋아했지. 그 침대보를 침대에 씌운다. 안 그러면 너무 삭막해 보이니까. 침대 가장자리에 앉아 붉은색 마름모를 쓰다듬으며 각진 모서리를 따라 손을 움직인다.

한동안 네가 밤에 계속 깰 때도 난 이렇게 여기 앉아 있었다. 넌 성장통 때문에 아파서 침대에 앉아 신음하며 울곤 했지. 난 네 무릎 아래, 가장 아픈 부위를 마사지해 주었다. 큰 도움이 된 것 같지는 않았다. 그러다가 드디어 네가 다시 침대에 누우면, 난 네 이마를 쓰다듬어 주었다. 얇은 잠옷 차림이라 추웠다. 난 우리 곁에 없는 네 아버지를 원망했다. 이런 일을 전혀 모르는 네 아버지를, 내 옆에 와서 이렇게 말하지 않는 네 아버지를.

"가서 눈 좀 붙여. 미셰는 내가 돌볼 테니까."

난 양모 스웨터를 가지고 와서 네가 잠들 때까지 옆에 앉아 있었다.

네가 오랫동안 잠이 들지 못할 때도 있었지.

통증은 네 몸 안에 낙인처럼 찍혔다. 성장은 힘인 동시에 통증이다. 슬픔으로 변한 통증은 몸에만 남는 게 아니다.

내 양손은 쉴 새 없이 침대보를 쓰다듬는다. 슬픔을 쓸어버리려는 듯이. 슬픔은 인생에 대한 실망일까, 아니면 그 삶을 극복하고 살아가려는 깊은 그리움일까.

그런 밤이면 우리 둘밖에 없었다. 적막에 에워싸인 채, 아주 가까이 있던 너와 나.

손에 든 숟가락……

수프 접시, 빵과 물. 손에 든 숟가락. 식탁 건너편에 앉은 이다르가 안경 너머로 나를 바라본다. 그는 계속 나를 바라본다. 그의 눈빛이 향하는 게, 또는 찾는 게 뭔지 나는 알 수 없다. 대체 뭘 보는 걸까? 그의 입술은 쉴 새 없이 움직인다.

그는 뭔가 말하고, 뭔가 묻는다. 나는 대답을 하려고 하지만 무슨 말을 해야 할지 모르겠다. 내 목소리는 위로 올라오지 못한다. 오히려 아래로 가라앉아 버린다. 빽빽한 침전물, 목구멍 깊은 곳에 있는 불분명한 소리. 꽉 눌리고 부피가 없는 무음의 목소리.

이 낯선 소리가 내 목소리일 리 없다. 내 몸에 단단히 박혀 있긴 하지만, 나와는 아무런 상관도 없다. 방향을 잃고 꾸르륵대는 소리. 내 허파에는 공기가 없다.

내가 존재하기는 하는 걸까.

이다르의 눈이 나를 가만히 바라본다. 나는 아무 말도 할 수 없다. 눈을 들 수도 없다. 시선이 수프로 떨어진다. 당근 토막과 초록빛 채소 사이로.

내 손가락이 지금 뭘 하는 거지?

엉킨 나무들……

네 아버지가 방 한가운데에 불쑥 서 있다. 아무 데도 속하지 못한 가련한 네 아버지. 누가 그를 위로할까?

구겨진 셔츠. 네 아버지는 온통 구겨져 있다.

검은 콤비 자동차가 집 앞에 세워져 있다. 오른쪽 앞바퀴가 꽃밭의 제비꽃을 밟고 있다.

"예테보리에서 쉬지 않고 달려왔어."

네 아버지가 말한다.

그의 눈에, 그의 호흡에 뭔가 있다. 그는 부서지기 직전이다. 크고 아름다운 네 아버지는 산산이 깨지기 직전이다.

"마츠!"

나는 그를 안는다. 네 아버지가 나에게 꽉 매달린다. 내 목덜미에 닿는 그의 얼굴. 면도를 하지 않아 꺼끌꺼끌한 턱이 느껴진다.

그는 어린아이처럼 나에게 달라붙는다. 나도 그에게 매달린다.

뭔가 말하기에는 이미 너무 늦었다. 뭔가 하기에도. 모든 것이 너무 늦었다.

우린, 네 아버지와 나는 그렇게 몸을 붙인 채 오랫동안 서 있다. 거실 바닥에서 솟아난, 엉킨 나무 두 그루처럼…….

이다르가 집에 온다. 두 남자는 포옹한다. 그런 다음 이다르가 먹을 걸 좀 만들고, 네 아버지가 그걸 먹는다. 내가 전화를 건 뒤로 네 아버지는 식사하는 걸 잊어버렸다. 커피와 콜라, 자동차 페달뿐.

이다르가 포도주를 더 따른다. 네 아버지는 손을 떨고 있다. 잔을 양손으로 들어 올린다.

"미세가 편지 같은 건 안 남겼어?"

네 아버지의 눈은 이따금 강아지 눈처럼 보일 때가 있다. 바로 지금처럼.

나는 이 눈빛을 기억한다.

난 휴대 전화를 가지고 와서, 네가 마지막으로 보낸 메시지를 보여 준다.

"엄마, 사랑해."

우린 저녁 내내 소파에 앉아 있다. 울고, 이야기하고, 미소를 짓고, 코를 푼다.

네 아버지가 말한다.

"너무 불안해."

뭐가 불안한지는 말하지 않는다. 그러나 그의 말을 들으니 나도 불안하다는 걸 깨닫게 된다. 왜 불안한지 그에게 묻지 않는다. 무엇이 우리를 불안하게 할까?

"불안해하지 마."

내가 말한다.

언제부터였을까……

네가 나와 소파에 나란히 앉지 않은 게 언제부터였을까. 난 네가 내 머리카락으로 장난하기를 언제 그만두었는지, 내 허벅지에 네 다리를 올려놓는 걸 언제 그만두었는지, 내가 네 다리를 쓰다듬으며 털이 많이 난 걸 본 게 언제였는지 기억해 내려 애쓴다.

우리가 함께 텔레비전을 볼 때, 네가 마지막으로 내 팔에 머리를 기댔던 게 언제인지 죽어도 기억나지 않는다.

언젠가부터 소파에서 우리 사이의 거리가 멀어졌다. 네가 머리는 소파 팔걸이에, 발꿈치는 내 허벅지에 올려놓았던 게 기억난다. 그럴 때면 내 손을 네 바짓가랑이에 넣어서 복사뼈 아래 오목한 곳을 쓰다듬을 수도 있었지. 널 약 올릴 수 있었다. 넌 그때 웃었다.

네가 갑자기 그걸 싫어하게 된 게 몇 살 때였는지 기억나지 않는다. 달라진 게 언제였는지 잊어버렸다. 넌 소년이었다가 금방 남자가 되었다. 난 너를 귀찮게 하고 싶지 않았어. 하지만 네가 더 이상 내 머리카락을 만지지 않아서 섭섭했던 기억은 난다.

넌 아침마다 스쿨버스를 타러 가기 전에 부엌에 서서 나를 포옹했어. 마지막 포옹이 언제였을까. 기억해 내려고 애쓴다.

내가 비명을 지른 건가……

붉은 시간. 피가 하늘에 흩뿌려진다. 5리터.

언젠가 다시 잠을 잘 수 있을까? 그럴 것 같지 않다.

난 창가 의자에 앉아 있다. 바깥에는 붉은 하늘 아래에 기차 플랫폼이 있다. 선로 사이에는 모서리가 날카로운 돌멩이들이 놓여 있다. 기차가 온다. 기차는 언제나 같은 시간에 온다.

기차가 나에게 돌을 던진다. 내 머리에 폭격을 가한다. 붉은 쇠의 노래. 끼익, 소리를 내며 내 머리로 들어온다. 눈으로, 입으로 들어오고 뒤통수로 나간다. 기차가 내 비명을 질식시킨다.

붉다. 더 붉다. 점점 더 붉어진다. 붉은색이 나를 덮어씌운다. 점점 더 가까이 다가온다. 나를 공격한다. 붉은색이 내 몸을 채운다. 나를 움켜쥔다. 내 목을 조른다. 습격 같다. 난 마비된 느낌이다. 힘이 없다. 그저 누워 있고만 싶다. 나를 포기하고 눕고, 눕고, 눕고 싶다. 비명을 양손으로 잡고 싶다.

나는 바닥에서 몸부림친다.

이다르가 눈앞에 불쑥 나타난다. 내가 비명을 지른 건가.

"지금 몇 시야?"

내가 묻자 그가 대답한다.

"괜찮아. 다 지나갔어."

그 후에 우린 시작했다……

둘 다 윗옷을 벗고 침대 가장자리에 앉아 있을 때, 네 아버지가 나더러 개를 키우는지 물어보았다.

우린 그때 서로 잘 모르는 사이였다. 주말을 함께 보내려고 산장을 빌렸다. 그는 스웨덴에서 기차로 왔다.

"개를 키우냐고?"

네 아버지는 기차에서 동물 칸 좌석에 앉았었다. 자신의 가방과 바지에 묻은 개털을 보자, 문득 자기가 나에 대해 아는 게 거의 없다는 생각이 들었다고 한다. 내가 혹시 동물 털 알레르기가 있는 건 아닌지 걱정이 된 모양이다.

그래서 그는 역무원에게 다른 칸에 빈자리가 있는지 찾아 봐 달라고 부탁했다. 개털로 범벅이 된 자신 때문에 내가 아픈 건 절대로 바라지 않았으니까!

미셰, 이게 네 아버지다. 네 아버지는 그런 사람이었어. 아니, 그런 모습도 있었지.

그 후에 우린 서로 옷을 벗기기 시작했다. 시간을 들여서 천천히. 나는 그의 부드러운 손 안에서 녹았다.

우린 완전히 나체가 되었다. 처음이었다. 우린 젊었다. 모든 게 영원히 그렇게 지속되길 바랐다.

이따금 이불을……

“사람들은 옛날부터 키스를 했을까?”

내가 네 아버지에게 물었다.

“영화에서 키스하기 전에 말이야?”

“소설이나 잡지에서 키스하기 전에는?”

“그런데 왜 하필 입에 키스하지?”

그가 물었다.

“입에 뭔가를 대면 본능적으로 빨아 대는 건가? 마치 신생아 처럼?”

“그런데 왜 입술뿐 아니라 귀와 가슴에도, 목에도, 성기에도 할까?”

“모든 문화권에서 키스를 하나? 정글에 고립되어 사는 인디언 부족들도 키스를 할까?”

“키스를 처음 한 사람은 누구지?”

“딥 키스를 처음 시도한 사람은?”

“처음부터 ‘키스’라고 말했을까? 그러니까 ‘너랑 키스하는 거 정말 좋아!’ 이렇게 말했을까?”

“석기 시대에도 키스를 했을까? 그때도 서로 침을 섞느라 정신이 없었을까?”

“나이 많은 사람들, 쉰 살이 넘은 사람들도 키스하나? 육십이

나 칠십이 넘은 사람들은? 그 사람들도 우리가 지금 여기서 느끼는 거랑 똑같이 키스를 굉장하다고 느낄까?"

네 아버지는 나를 코펜하겐 영화제에 데리고 갔다. 우린 싸구려 호텔에 일주일 내내 머물렀다. 환한 대낮에 벌거벗은 채 널찍한 퀸 사이즈 침대에 누워 있었다. 우린 몇 시간이고 침대에 누워 이야기를 나누었다. 키스에 대해, 영화에 대해, 이런저런 온갖 것들에 대해. 우린 서로 애무하고 장난도 치고, 호밀빵을 먹고 빵 부스러기를 침대보에서 털어 내고, 또 애무했다. 난 그의 머리카락을 가늘게 땋아 주었다. 이따금 이불을 덮기도 했다. 높은 유리창으로 햇빛이 들어와 우리 몸을 비추었다.

차갑고 관능적인 그의 입, 갈망하는 입술.

네 아버지처럼 키스를 잘하는 사람은 없었다. 아무도 없었다!

이 세상에서 가장 키스를 잘하는 사람의 이름은 마츠 오케손이다.

우린 극장에서 다른 사람들에 관한 영화를 보았다. 사랑하고 미워하고 키스하고 배반하고 또 전보다 더 많이 키스하는 사람들. 우리는 손을 맞잡고 있었다. 슬쩍 짧게 키스도 했다. 화면에서 눈을 뗄 수 없을 때면 서로 손가락을 빨거나 어깨를 핥았다.

어느 날 아침, 난 침대를 빠져나와 호텔 옥상으로 올라갔다.

거기 앉아 지붕 위로 떠오르는 해를 보았다. 붉은색과 재색 퍼즐 조각들. 조금 있자니 네 아버지가 올라왔다.

햇빛에 눈이 부셔 깜박거리는 눈, 부스스한 머리카락, 피곤해 보이는 미소. 그리고 줄무늬 양말.

6월의 어느 아침 다섯 시 반에 코펜하겐의 어느 옥상에서 줄무늬 양말을 본 바로 그 순간, 난 그를 사랑한다는 걸 깨달았다.

9월에 온 편지……

9월에 네 아버지가 편지를 보냈다. 스코네 해변 사진이 있는 엽서였다. 모래 언덕과 바다. 별다른 말은 없었다. 네 아버지는 편지를 잘 쓰지 못한다고 했다. 바닷바람이 귀를 스친다. 하늘을 나는 제비의 곡선을 눈으로 좇고 있다. 모래 언덕 사이 웅덩이에 사는 도마뱀 비슷한 파충류에 관한 영화를 만들고 있다고 썼다.

그 파충류는 거의 투명한데도 뭔가 인간적인 게 느껴진다고 했다. 그날, 나는 임신이 확실하다는 진단을 받았다. 우리 두 사람의 세포는 내 몸의 온기로 녹았다.

편지 봉투에는 깃털 두 개와 말린 아네모네가 들어 있었다. 날 위한 작은 선물이었다. 꽃을 누르고 모래 언덕에서 깃털을 줍는 그의 손가락이 지금도 눈앞에 보이는 듯하다. 그걸 조심스럽게 봉투에 넣는 모습도. 사랑, 탁 트인 전망.

숲 속에 있는 나무가 어떻게……

숲 속에 쓰러진 나무가 한 그루 있다. 낙엽송이다. 몇 년 전 겨울 폭풍우가 왔을 때 쓰러졌다.

그곳을 지날 때면 언제나 네 아버지 생각이 난다.

나무는 에리카진달랫과에 속하는 식물 관목에 머리를 대기 싫다는 듯이 끝 부분의 가지를 땅에 받치고 길게 누워 있다. 뿌리는 넉살 좋게 자기 아랫도리를 내놓고 있다. 나무는 누워 있는데도 똑바로 서 있는 것처럼 의기양양해 보인다. 아름답고 강인한 나체.

비가 오면 나무껍질 위로 조용히 빗방울이 흐른다.

나는 나무 사진을 찍어 네 아버지에게 보냈다.

그가 답장을 보냈다.

"숲 속에 있는 나무가 어떻게 나를 떠오르게 하지?"

해마다 봄이면 나무 끝 가지에서 초록빛 싹이 튼다.

얼마죠……

네 아버지가 만든 첫 영화의 제목은 〈우표〉였다.

우체국 창구에서 이렇게 묻는 어떤 남자의 이야기다.

“편지를 부치는 데 얼마가 들죠?”

“어디로 보내느냐에 따라 달라요.”

창구에 있는 여직원이 대답한다.

“함메르페스트노르웨이 북서부에 위치한 항구 도시로 보내려고요.”

“그럼 보내는 편지의 무게에 따라서도 달라요.”

직원이 대답한다.

남자는 한숨을 쉰다. 그리고 다운재킷의 지퍼를 올린 채 터덜터덜 집으로 돌아간다. 편지의 무게가 얼마인지 어떻게 알까? 아주 정확하게 잴 수 있는 저울이란 게 있나? 꼭 맞는 우표는 대체 어디서 찾을 수 있을까?

간단했다고 생각했던 일이, 알고 보니 끔찍하게 복잡한 일이라는 사실이 밝혀진다. 남자는 심한 부담감에 시달린다. 그리고는 자기가 왜 편지를 썼을까 생각한다. 편지를 쓴 목적은, 동기는 무엇이었을까.

사람은 왜 사는지, 또 어떻게 살아야 하는지. 주인공 남자는 이런 의문들에 답을 찾지 못하고 서서히 내리막길을 걷는다.

〈우표〉는 대중의 관심을 끌었다. 영화는 11월에 처음으로 상

영되었다. 네 아버지는 2월에 스웨덴으로 돌아갔다. 두 번째 영화에 스웨덴 배경이 필요했기 때문이다.

미셰, 너의 다섯 번째 생일인 4월에 네 아버지는 인라인스케이트를 부쳤다. 그런데 네 발 치수를 잊어버렸다.

함께한 삶의 파편들, 스웨덴 도시의 여자들.

네 아버지는 네 목소리를 들으려고 이따금 전화했다. 넌 트램펄린에서 뒤로 공중제비를 넘은 이야기, 수학 문제를 푼 이야기, 정원에서 기르는 토끼 이야기, 토레가 팔에 깁스를 했다는 이야기를 했다. 네 아버지는 귀를 기울이고 들었다.

"아빠, 우리 보러 금방 올 거죠?"

언젠가부터 너는 이다르와 함께였다. 그는 널 사이클 협회에 가입시켰다. 둘은 오랫동안 훈련을 한 뒤 뼈마디가 뻣뻣해지고 땀에 푹 젖은 채 집에 돌아왔다. 함께 웃고 활발하게 토론을 벌이기도 했다. 사이클 대회에서 처음으로 메달을 땄을 때, 너는 신문 기사를 오려서 스웨덴으로 부쳤다.

줄무늬 셔츠를 입은 스베레……

어느 날 초인종이 울린다. 스베레가 현관에 서 있다. 줄무늬 셔츠를 입고 반짝반짝 빛나게 닦은 안경을 쓴 채 혼자 서 있다. 낯설게 느껴질 만큼 세련되고 단정해 보인다.

우린 거실에 앉는다. 스베레와 나뿐이다……. 스베레가 소다수를 마시며, 지금까지 만난 보호자들 중에 네가 최고였다고 말한다. 너희 둘은 같은 영화를 좋아했고, 같은 여자아이를 좋아했다고 한다. 작고 금발이며 약간 통통한 여자아이를. 네 장례식에 왔었다고, 자기가 내내 소리 내며 흐느끼니까 다른 사람들이 조용히 하라고 했다고 한다.

"그래도 난 계속 울었어요. 미셰는 내 친구였으니까요."

스베레가 네 방을 보고 싶어 한다. 우리는 함께 들어간다. 스베레는 방을 둘러보더니 아무 말도 하지 않는다. 나는 그 아이에게 네가 졸업식 때 입으려고 산 스웨터를 준다. 스베레는 스웨터를 한동안 물끄러미 바라보더니, 안경을 벗고 옷을 입어 본다. 내가 보기엔 스웨터가 꽉 끼는 것 같지만, 그 말을 하지는 않는다. 스베레가 거울 앞에 선다. 흰색 글씨가 새겨진 짙은 청색 후드 스웨터. 한 번도 입지 않은 새 옷. 스베레는 후드를 썼다가 다시 벗고는 손가락으로 얼른 눈가를 닦는다.

"네가 자기 스웨터를 입는 걸 알면 미셰가 좋아할 거야."

내 말에 스베레가 대답한다.

"미셰가 졸업식에 입을 스웨터."

스베레는 살아 있다. 보호자가 필요한 아이, 빵 한 조각을 먹을지 두 조각을 먹을지 물어보는 아이, 혼자서는 극장에 갈 수 없는 아이, 보호자가 있어야 수영장에 가는 아이, 버스가 집까지 데리러 오는 이 아이는 살아 있다. 살아서, 통통하고 명랑한 여자아이를 생각한다.

스베레는 집에 갈 때까지 스웨터를 벗지 않는다. 내가 가는 길에 배웅을 하자, 스베레는 건너편 인도에서 다시 한 번 몸을 돌려 손을 흔든다. 마치 내 옆에 네가 서 있다는 듯이.

너의 열세 번째 생일에……

열세 번째 생일날, 넌 네 방에 틀어박혀 문을 잠갔지.

난 십여 분마다 한 번씩 문을 두드리며 들어가게 해달라고 애원했다. 빌었다. 문밖에 서서 차분하게 말을 건네기도 하고 욕을 퍼붓기도 했다. 네가 하는 얘기를 가만히 듣고 있기도 했다. 방에 틀어박혀 있는 건 평소 네 모습과는 사뭇 달랐다.

드디어 네가 방문을 열었다. 내가 안으로 들어가자, 넌 이불을 머리끝까지 뒤집어썼다.

"미셰, 뭐 때문에 그러는지 말해 봐!"

"열세 살이 되기 싫어요. 정말 싫어요! 난 자라지 않을 거예요!"

네 눈을 볼 순 없었지만, 네 목소리에서는 눈물과 절망이 묻어났다. 한참을 그러고 있다가 드디어 너를 안을 수 있었지. 코를 풀어 주고, 눈물을 닦아 주고, 널 품에 안고 가볍게 몸을 흔들어 주었다. 다 큰 내 아들을.

난 그날 무슨 말을 했을까. 자란다는 게, 나이가 드는 게 그렇게 나쁜 것만은 아니라고, 인생은 아름답다고? 이따금 지겹기도 하지만 정말 놀라운 순간들도 있다고? 그래서였니? 삶에는 기복이 있기 때문에? 내가 뭐라고 했던가. 내가 중요한 말들을 다 했나? 넌 내가 하는 말을 믿었니?

그날 네 안에 자리한 어둠을 보고 난 많이 놀랐다. 그런 어둠은 다른 아이들에게선 본 적이 없으니까. 하지만 그날 이후로 어둠은 너에게서도 찾아볼 수 없었지. 오히려 넌 반짝반짝 빛났다. 어둠을 완전히 극복한 것처럼, 삶을 단단히 붙잡은 듯이 잘 지냈다. 너는.

갈색 봉투……

"잘 지내고 있다는 증거를 보내 줘."

난 강좌에 참석하기 위해 오슬로로 떠나며 너와 이다르, 두 사람에게 부탁했다.

내가 없는 석 달 동안 너희 두 사람만 집에 있어야 할 테니까. 4월 초, 내가 머무는 숙소에 네 글씨가 쓰여 있는 갈색 봉투가 도착했다. 봉투 안에는 작은 흰색 봉투가 들어 있었다. 표면이 살짝 튀어 나와 있는, 축축한 봉투. 봉투를 여니 수선화가 가득 들어 있었다. 그것뿐이었다. 글은 없었다. 한 줄도 없었다. 고향의 봄을 알리는 수선화 한 움큼이 전부였다. 베스틀란데트 지역 봄의 향기. 넌 내가 고향의 봄을 얼마나 그리워하는지 알았던 것 같다. 나는 꽃을 꺼내 입과 코를 대고 봄의 향기를 최대한 빨아들였다. 축 늘어진 수선화는 서로 붙어 있었다. 긴 여정 탓에 생기를 잃어버린 지 오래였다. 하지만 향기는 남아 있었다. 잘 지내고 있다는 증거였다.

집 뒷마당의 눈은 모두 녹았지만 울타리 아래에 핀 수선화 몇 송이는 여전히 남아 있다. 며칠 동안 내리던 비가 멎자 나는 뒷마당에 빨래를 내다 건다.

드디어 구름이 걷힌다. 난 쭈그리고 앉아 수선화를 딴다. 올해

마지막 수선화다. 초록빛 향기가 콧속을 가득 메웠다. 아리다.

나무 가시들이 날아다니고……

이 나무 가시들은 예전에 어느 오두막의 바닥이었을까. 누군가 바닥을 부수었다. 무른 널빤지였겠지. 나무 가시가 사방으로 튄다.

나무 가시들은 이제 내 목 안에서 서로 자리를 차지하겠다고 다툰다. 썩어버린 끝부분을 쭉 편 채. 내 목 안쪽을 긁고, 목소리에 생채기를 낸다. 나는 말을 할 수 없다. 소리가 나오지 않는다. 이다르가 나를 바라본다.

소리를 내려고 하지만 나오지 않는다는 사실만 확인할 뿐이다. 나무 가시가 할퀸다. 온통 상처투성이다. 소리를 낼 수 없다. 목을 만져 보니, 내가 침을 삼키려고 하고 있다. 부서진 바닥의 구멍이 느껴진다. 그 어느 것도 도움이 되지 않는다. 따갑다. 어딘가가 항상 따갑다. 눈이든 어디든. 숨이 가쁘다. 나무 가시들이 내 목 안에서 이리저리 흩어져 날아간다. 안쪽은 여전히 혼란스럽다. 썩은 나무 가시들의 목소리가 점점이 찍힌다. 나무 가시들이 여기저기 쏜살같이 날아다니고, 원을 그리며 돈다. 산산조각 난 나무토막들이 만드는 소용돌이.

나를 찌른다. 따갑다. 나는 최대한 움직이지 않고 가만히 앉아 있다. 이다르가 뭔가를 말한다. 그의 연한 푸른빛 눈동자가 나를 바라본다. 그가 뭔가를 씹고 또 씹는다. 내 목에는 음식이 들어

갈 자리가 없다. 음식이 들어갈 자리도, 목소리가 머물 자리도.

누군가 바닥을 부순 모양이다.

넌 왜 내가 이다르와 여행 중일 때 그랬을까?

우리가 너를 막지 못하도록 일부러 그렇게 계획한 걸까?

네가 그런 줄도 모르고 나는 여행을 가 버렸다.

너를 혼자 남겨둘 만큼, 왜 나는 불안함을 전혀 느끼지 못했을까?

가시들이 빙빙 돈다. 딱딱하다. 빠르게 회전하며 연한 점막을 찢는다. 엎드리고 싶다. 아주 납작하게 엎드려서 가시가 모두 녹을 때까지 기다리고 싶다. 가시가 가벼운 먼지, 가느다란 비로 변할 때까지. 수없이 따끔거리는 통증은 팔, 흉곽, 허파 끝에까지 번진다. 통증에 불규칙적인 리듬마저 느껴진다. 나무 가시에 찔려 구멍 난 허파, 진물이 흐르는 상처로 가득한 호흡. 구멍이 뚫리고 토막이 난 목소리.

어쩌면 널빤지는 누군가 못을 박기 전에 이미 썩어 있었는지도 모른다. 이제 너무 늦었다. 가시들이 사방으로 날아다닌다.

나는 의자에서 미끄러져 몸을 길게 뻗어 바닥에 눕는다. 바닥은 정말 평평하다. 평평하고 딱딱하다.

바닥은 혹시 난파당한 뗏목이었을까.

붙잡아 두려고……

"마츠, 당신이 움직이는 건 꼭 슬로비디오 같아!"

내가 말했다.

코펜하겐 어느 거리에서 그는 긴 바게트 빵을 양손에 들고 내게로 다가왔다. 활기찬 그의 걸음걸이. 우리가 안았을 때 풍기던, 갓 구운 빵의 달콤한 향기.

"순간을 붙잡아 두는 것 같지 않아?"

네 아버지가 소파에 앉아 있다. 장례식이 끝났다.

얼굴이 흔들린다. 저 사람이 그때의 그와 같은 사람인가? 난 왜 이렇게 오래된 일들을 모두 기억하고 있을까? 우리가 무의식적으로 인식했던 이런 장면들이 왜 머릿속에 저장돼 있을까? 이 특정한 기억은 하필이면 왜, 지금 표면으로 떠오를까?

네 아버지의 머리카락은 그때나 지금이나 엉망이다. 얼굴은 지나간 시간의 흔적이 그대로 남아 더 창백해졌지만 입술은 예전과 똑같다. 그의 입언저리로 흐르는 눈물을 핥고 싶은 마음이 점점 커진다. 난 그에게 몸을 숙이고 눈물을 핥는다. 눈물에서 소금 맛이 난다. 눈물을 삼켜 내 안에 가둔다. 그의 입술은 내가 기억하는 그 모습 그대로다.

우리는 서로에게 팔을 두른 채 오랫동안 앉아 있다. 나는 그의 숨소리에 귀를 기울인다. 우리가 같은 박자로 숨을 쉴 때까지.

그가 나를 살짝 밀어내며 묻는다.

"이다르를 속일 마음은 없지?"

"응, 속이지 않을 거야."

내가 대답한다.

우린 다시 포옹한다. 갓 구운 빵의 향기가 코로 올라온다.

목덜미에 키스……

프라이팬이 물속으로 천천히 미끄러져 들어간다. 나는 개수대에 서 있다. 목덜미에 닿는 입술이 느껴진다. 금요일 아침이다.

네 아버지가 떠나려고 한다. 그의 손가락이 내 머리카락을 옆으로 밀친다. 그가 나에게 키스한다. 내가 가장 키스 받고 싶어하는 곳이 어딘지 네 아버지는 알고 있다. 잊어버리지 않았다. 내가 녹아내린다는 걸 알고 있다. 다른 손은 내 배로 살그머니 들어온다. 온기가 느껴지는 따뜻한 손이다.

바깥에서 갈매기가 새된 소리를 지른다.

그러자 그 기억이 떠오른다. 그해 여름, 나는 어느 서점의 시집 코너 앞에 서서 책장을 넘기고 있었다. 어디서 나타났는지 모르게 그가 불쑥 그곳에 나타났다. 예상치 못한 순간에 그는 뒤에서 내 목덜미에 갑자기 키스했다. 내 살갗에 닿는 그의 입술. 배가 당기는 느낌이 들었다. 네 아버지의 향기, 하얀 책장, 서점에서 들리는 소음. 눈꺼풀이 감기며 시간이 닫혔다. 드디어 몸을 돌렸을 때, 나는 풍덩 빠져 죽을 것만 같은 느낌이었다. 강렬하면서도 나른한 그의 시선. 우리 몸 안에서 들리던 조가비의 '솨솨' 소리.

"마츠, 세상에!"

우린 직원이 다가와서 뭘 찾는지 물을 때까지 좁은 서가 앞에서 키스를 나누었다.

내가 책을 산 뒤, 우린 바깥으로 달려 나갔다.

이른 저녁이었다. 우린 사람들이 오지 않는 물가로 갔다. 햇빛에 달궈진 바위 위에 있는 벌거벗은 젊은 몸. 물속에 재빠르게 들어갔던 갈매기가 주둥이에 물고기를 물고 다시 나왔다. 나는 네 아버지 위에 누웠다. 우린 오래, 오래 그렇게 누워 있었다.

몸과 몸을 맞댄 속삭임, 소금기가 배어 있는 나지막한 전율.

이보다 더 조용하게 사랑할 수 있는 사람은 없다.

저녁 어스름에 우린 다시 옷을 입었다.

"그런데 무슨 책을 샀어?"

네 아버지가 물었다.

카린 보위에의 시집이었다.

별들, 십자가, 비석……

넌 이제 비석이 생겼다. 밝은 회색빛이 도는 자연석이다. 구릿빛 글자로 네 이름이 새겨져 있다. 미카엘 오케손.

별들, 십자가, 네가 태어나고 죽은 날.

네가 태어나던 밤은 공기가 살을 에는 듯이 차가웠다. 네 아버지는 미친 사람처럼 온 시내를 뛰어다녔다.

비석 주변의 깨끗한 흙. 흙덩이를 손에 집어 든다. 축축하다. 입술에 대 본다. 흙덩이에 입을 맞춘 뒤, 다시 내려놓는다. 봄날 흙의 향기.

장미 꽃다발을 비석 앞에 놓는다. 약간 왼쪽, 심장이 있는 곳에.

앉을 자리가 있으면 좋겠다. 벤치나 담 같은. 하지만 아무것도 없다.

무덤에서 돌아오는 길에 죽은 고슴도치를 본다.

누군가 작은 문 뒤에 던져 놓았다. 검은 두 눈이 허공을 노려보고 있다.

푸른색 재킷……

푸른색 재킷을 입고 네 무덤 앞에 서 있는 소녀. 내가 다가가자 몸을 돌린다. 시리다. 장미 한 송이를 들고 있다.

"죄송해요."

시리가 말한다.

"뭐가?"

"방해할 생각은 없었어요."

난 시리에게 미소를 지으며 대답한다.

"드디어 너를 만나게 되었구나."

난 쪼그리고 앉아서 꽃밭을 정리한 뒤 손에 묻은 풀을 닦는다. 그러고는 다시 몸을 일으켜, 늘 그러듯이 비석에 새겨진 날짜를 읽는다. 우리 둘은 옆에 나란히 서 있다. 적막함이 가득하다. 철쭉 덤불 속에서 윙윙거리는 말벌 소리만 들린다.

"미셰가 왜 그랬는지 모르겠어요."

시리가 불쑥 입을 연다.

"나도 모르겠어."

우린 서로 마주 본다. 어린 소녀 같지만 진지해 보이는 시리의 얼굴.

시리가 장미 향기를 맡더니 무덤에 꽃을 내려놓는다.

작별 인사를 몇 마디 주고받은 뒤에 시리가 나를 포옹한다. 예상치 못한 일이다. 내 양쪽 어깨에 시리의 손이 닿고, 내 뺨에 그녀의 뺨이 닿는다. 매끄러운 피부가 느껴진다.

시리가 자갈길을 느릿느릿 걸어가 공동묘지의 문을 나선다. 그녀가 시야에서 사라지자 나는 몸을 숙여 장미 향기를 맡는다. 부드럽게 휘어진 꽃잎이 내 입술을 스친다.

어떤 손이 밀어 넣는다……

어떤 손이 커다란 봉투를 우편함에 밀어 넣는다.

"시리!"

창백한 얼굴. 학교에 가지 않는 날이라기에 나는 시리를 우리 집에 초대한다.

시리의 눈길이 거실 책장을 훑는다.

"미셰 사진 있나요?"

그것조차 없다. 디지털카메라도, 사진도 없다. 최근 몇 년 동안 네 모습이 어땠는지 보여 주는 사진이 없다. 어릴 때 앨범뿐이다.

"이건 미셰가 여덟 살 때야. 스웨덴에서 방학을 보낸 뒤였지. 겨드랑이에 개구리 책을 끼고 있어. 개구리에 관해 자세하게 나온 책이야. 미셰는 이 책을 좋아했어. 너덜너덜해질 때까지 읽었지. 앞발과 뒷발 발가락들 사이에 물갈퀴가 있는 아시아 날개구리는 나무들 사이로 멋지게 날아다닐 수 있다는 이야기. 미셰가 가장 좋아하는 개구리는 앞발과 뒷발로 나뭇가지를 꽉 움켜쥐는, 눈이 붉은 청개구리였어. 곤충망으로 그런 개구리를 잡겠다면서 꼭 중앙아메리카에 가겠다고 했었지."

시리가 웃음을 터뜨린다.

"이건 열 살 때야. 그해 여름, 테라스 아래 나뭇잎 더미에 고슴도치가 살았지. 고슴도치는 가족 같았어. 우린 빵 부스러기를 주고 우유 접시도 놓아두었지. 미카엘이 고슴도치가 우유를 먹으면 설사를 한다는 글을 책에서 읽기 전까지는 말이야."

"말하자면 미셰가 고슴도치의 생명을 구한 거네요?"

나는 고개를 끄덕인다. 고슴도치는 살아남았다.

포도와 차, 소금 크래커……

포도와 차, 짭짤한 크래커와 염소 치즈. 시리가 말한다.

"제가 미셰의 여자 친구였다는 게 자랑스러워요."

시리가 가느다란 입술로 들떠서 말한다. 난 시리의 목소리가 마음에 든다.

"미셰는 정말 똑똑했어요! 생물 과목은 뭐든지 다 알았어요. 어떤 때는 선생님보다도 더 많이 알았어요. 반 아이들 모두 미셰랑 같은 모둠이 되려고 했어요."

난 시리에게 귀를 기울이며, 반짝이는 그 눈빛을 바라본다. 사랑스럽다. 귀여운 아가씨다.

"난 미셰 얼굴을 잊어버릴까 봐 두려워."

내 말에 시리는 바로 대답하지 않다가 잠시 후에 입을 뗀다.

"그럴 일이 있을까요? 우린 미셰를 절대 잊지 못할 거예요."

우리. 시리는 '우리'라고 했다.

난 그 말이 옳다는 걸 그 순간 알아챘다.

"시리, 졸업하면 뭐 할 거니?"

시리는 트롬쇠 대학교 의과 대학에 지원했다고 한다. 의사가 되고 싶다고.

"방금 우편함에 넣은 봉투가 지원서예요."

“미셰는 노르웨이 과학기술대학교에서 공부하려고 했어.”

“예, 알아요.”

컴퓨터가 내는 퐁퐁 소리……

컴퓨터를 켜자 전자 제품이 내는 퐁퐁 소리가 들린다. 난 네 의자에 앉아 있다. 그 소음을 듣자 얼음처럼 차가운 숨결이 살갗에 느껴진다. 죽은 기계가 갑자기 살아난다. 모니터가 환해지고 바스락거리더니, 나지막하게 웡웡대는 소리가 난다.

바짝 마른 혀가 입천장에 달라붙는다. 켜지 말았어야 한다. 지금까지 컴퓨터를 켤 용기가 없었다. 더 기다렸어야 한다. 아직 너무 이르다. 이다르가 올 때까지 기다렸어야 하는데.

흉곽에 구멍이 뚫릴 것처럼 심장이 세차게 고동친다. 딱딱한 맥박, 가느다란 조직을 두드리는 무거운 방망이.

옅은 녹색 배경, 헤엄치는 거북이 한 마리가 보인다. 거북이가 나를 흘낏 본다. 모니터 왼쪽 가장자리에 데스크톱 아이콘들이 나타난다.

자리에 앉은 채 화면을 노려보다가 컴퓨터를 끈다. 더는 못 보겠다. 아직은 때가 아니다.

거북이 사진이 내 머릿속에 달라붙어 있다. 거북이가 쉴 새 없이 헤엄친다.

기억의 두려움……

넌 내 인생에서 앞으로 어떤 식으로 존재할까? 언젠가 네 이야기를 아무렇지 않게 할 수 있는 날이 올까?

널 잊게 될까 봐 두렵다. 시간이 흐르면서 세세한 것들이 점차 사라질까 봐. 콧방울 옆선, 손가락으로 네 귀를 잡았을 때의 느낌, 너를 쓰다듬을 때면 손바닥에 느껴지던 머리카락, 우리가 포옹할 때 닿던 네 목.

시간이 흐르면 너의 존재가 바래질까 봐 두렵다. 흐릿해질까 봐. 네 웃음소리, 계단을 뛰어 오르내리던 네 발소리가 희미해질까 봐.

사랑하는 내 아들, 네 아버지와 정말 많이 닮은 내 아들, 네 아버지처럼 매력적이고 사랑스러운 내 아들, 젊을 때 네 아버지와 똑같은 내 아들.

내 잘못이니? 내가 네 아버지와 헤어졌기 때문이야? 헤어지지 않았다면 네가 삶의 문제들을 좀 더 잘 해결할 수 있었을까?

하지만 넌 언제나 차분하고 생각이 많은 사람이었잖아. 똑똑한 녀석, 미셰. 누구나 그 말을 했다. 똑똑한 녀석이라고.

외로웠니?

계획했던 일이니? 아니면 갑자기 결정한 거니? 너에게도 우리만큼이나 의외의 일이었니?

네가 외롭다는 걸 나는 왜 알아채지 못했을까.

네가 어딜 베었는지, 칼이 네 몸의 어느 살갗, 어느 혈관을 파고 들어갔는지는 말하고 싶지 않다. 상처 이야기는 하고 싶지 않아. 그 흉측한 칼은 도대체 어디서 난 거니?

네가 발견된 날, 그날 아침의 모습으로 너를 기억하게 될까 봐 두렵다.

아침에 잠에서 깰 때마다 두렵다.

잠에서 깨어난 걸 깨달을 때면 혈관 속으로 차가운 강물이 흐르는 것 같다. 목구멍이 조여들면서 다시 잠 속으로 도망치고 싶을 때, 망각의 커튼 뒤로 숨고 싶을 때면…….

매일 아침 똑같은 상황.

20년이든, 30년이든, 내가 살아 있는 한 아침마다 반복될 이 상황. 매일 아침 그걸 견딜 수 있을까.

네가 지금 옆에 있다면 그게 며칠인지 재빠르게 계산해 냈을 텐데.

더러워진 무릎……

네 무릎은 더러워지고 피가 묻어 있었다. 상처에 작은 모래 알갱이들이 잔뜩 붙어 있었다. 돌이 많은 운동장에서 축구를 하다가 넘어진 거였다. 공에 맞은 오른쪽 얼굴은 불이 붙은 듯 벌겋게 달아올랐다. 다행히 코가 부러지진 않았지만 감각이 없다고 했다.

넌 축구화를 신은 채 집 안으로 뛰어 들어와 부엌 한복판에 버티고 섰다. 얼굴은 눈물과 먼지 범벅이었다.

난 너를 안았다. 하지만 네가 원하는 건 그게 아니었다. 너는 나를 밀어냈다.

"왜 우린 언제나 아빠를 그리워해야 해요?"

네가 고함을 질렀다.

난 의자를 끌어다 네 앞에 앉았다. 네 축구화와 양말, 무릎 보호대를 벗겼다. 상처를 소독하고, 탄산수를 섞은 주스를 주었다. 넌 그걸 단숨에 마셨다.

"아빠도 우리를 그리워해."

내가 말했다.

네 아버지가 우리를 떠난 거였다. 그는 지금 또 우리를 떠나간다. 시간이 흐른다고 모든 일이 수습되는 건 아니다.

네가 열한 살 때, 이다르가 우리 삶에 끼어들었다. 그는 네 축구공을 잽싸게 낚아채더니 물었다.

"드리블 할까, 골을 넣을까?"

호흡이 누른다……

호흡이 안에서 나를 누른다. 살갗 바깥으로 나오지 못한다. 숨구멍이 막혔다. 갈비뼈 아래의 좁은 공간을 돌멩이가 세차게 비빈다. 비비고 짓누른다.

잠에서 깬다. 긴장한 몸, 긴장한 피부, 긴장한 호흡. 난 천장에 있는 어둠을 노려본다. 어둠이 나를 누른다. 나를 압박한다. 안팎을 누르고 또 누른다. 제발 사라져! 누가 이 압박감을 사라지게 할 수 없을까?

내 호흡은 어디 있을까? 사라졌다. 잡을 곳이 아무 데도 없다. 어둠이 허파에서 공기를 짜낸다. 이제 더는…….

갑자기 호흡이 돌아온다. 어떤 손이 내 어깨를 잡는다. 나를 흔든다. 손이 내 이마와 귀와 목을 쓰다듬는다. 내 목을! 아, 이다르, 사랑하는 이다르. 당신이 여기 있어서, 나를 쓰다듬어 줘서 고마워. 내 호흡을 찾아 줘. 포기하지 마. 불을 켜고 나를 어루만져 줘. 내 호흡을 발견할 때까지, 우리가 힘을 합쳐서 발견할 때까지, 내가 다시 숨을 쉴 수 있을 때까지 계속 찾아 줘. 숨을 쉴 수 있는 작은 구멍을 찾아 줘.

다시 안정될 수 있다면 얼마나 좋을까. 휴식을 취하고 싶다.

호흡이 계속 멈추는 게 아니라 차분해졌으면 좋겠다. 모든 생각을 머리에서 쓸어내 바닥에 그냥 주르르 떨어뜨리고 싶다.

관자놀이에 살짝 닿는 키스. 정말 다정하다. 이다르, 당신의 입술이 내 얇은 살갗에 닿는 느낌이 너무나 좋다.

당신은 내 슬픔을 열어젖힌다. 언젠가는 슬픔이 모두 흘러나올까? 한 방울, 한 방울씩?

조금이라도 견딜 만해지려면 몇 년이나 슬픔이 방울져 내려야 할까?

그날의 자물쇠 소리……

나와 이다르가 여행을 마치고 집에 돌아왔을 때, 자물쇠가 딸깍, 소리를 냈다. 문을 열고 현관에 들어섰을 때 느낀 부자연스러운 정적. 굳은 적막 때문에 숨이 막혔다.

난 본능적으로 알아챘다. 정적은 내가 전혀 예상치도 못한 일을 미리 알려 주었으니까. 이제 곧 알게 될 일이 나를 맞으러 오는 듯했다.

여행 가방을 내려놓고 나와 이다르는 서로 마주 보았다. 아무 소리도 들리지 않았다. 뚫고 지나갈 수 없는 정적만이 존재했다. 순간 날카로운 톱날이 생각을 잘라 냈다.

이어지는 고함과 다급한 발걸음. 우린 널 그렇게 찾았다. 하얀 얼음에 정복당한 네 몸……. 이다르가 내 팔을 꽉 잡았다. 피부와 살이 내 뼈에서 분리돼 떨어져 나가는 것 같았다. 호흡과 피와 살갗이 녹았다. 내 몸은 바스락거리는 빵 포장지 같았다. 이제 더는…….

우린 거실로 향했다. 이다르는 아무 말 없이 내게 팔을 둘렀다. 우린 소파에 앉을 수 없었다. 네 방문이 열려 있었다. 우린 다시 돌아갔다. 너를 다시 한 번 봐야 했으니까. 널 보고, 만지고, 네 옆에 있어야 했다. 내 얼굴을 네 뺨에 댄 채.

집에 들어설 때면 언제나 자물쇠가 딸깍 소리를 낸다. 현관문 앞에 서서 열쇠를 자물쇠에 넣고 돌릴 때마다 귀를 기울이고, 비밀을 알아내려 하고, 잠시 기다렸다가 집에 들어선다.

톱날이 내 살을 파고든다. 맥박이 세차게 뛴다. 최대한 크게 심호흡을 한 뒤, 난간을 움켜쥐고는 귀를 기울인다. 이렇게 외치기도 한다.

“미셰, 집에 있니?”

깊이 잠든 너……

넌 아기 침대에서 곤히 잠들어 있었다. 문이 꽝 닫히는 소리가 들렸을 때, 난 네 아버지가 담배를 피우려고 밖에 나간 줄 알았다.

하지만 몇 시간 뒤에 깨었을 때, 침대 옆자리는 여전히 비어 있었다.

"어디 있었어?"

네 아버지는 얼어붙고 기진맥진한 모습으로 다음 날 아침에야 돌아왔다. 그는 말하려고 하지 않았다. 설명하려고 하지 않았다. 내 포옹마저 거부했다. 내가 일어났을 때, 그는 느릿느릿 침대에 누웠다. 넌 아침 식사와 마른 기저귀를 원한다는 듯이 울기 시작했다.

네 아버지는 이런 식으로 나를 자주 홀로 남겨 두었지. 밤이 되면 사라졌다가, 돌아와서는 아무 말도 없었다. 왜 그러느냐고 물으면 그저 휴식이 필요하다고, 생각할 공간이 필요하다고만 했다. 집에 돌아온 그는 늘 지쳐 있었다.

언젠가 한번은 그에게서 브랜디 냄새가 났다. 그의 목소리와 입, 옷과 눈빛, 그 사람 전체가 해체되고 있는 것 같았다. 그가 침대에 앉은 내 옆에 와서 앉았다. 나는 그를 안아 주었다. 피곤에 지친 그의 몸을, 떨고 있는 영혼을 안고 다독여 주었다.

"당신은 날 사랑하지 않을 거야. 어떻게 나 같은 놈을 사랑할 수 있겠어?"

그는 잠시 내 어깨에 얼굴을 묻었다가 고개를 들고 내 눈을 똑바로 바라보았다.

"난 아무것도 아니야. 내 영화들은 쓰레기라고. 미친 듯이 진부하기만 해. 난 빌어먹을 멍청이야! 이기주의자에다 병신이라고! 넌 이제 곧 나를 버릴 거야. 네가 지겨워하는 게 다 보여!"

네 아버지는 너무도 불안해했다. 인생에 대한 불안, 삶을 믿을 수 없다는 불안, 자기 내부에 도사리고 있는 뭔가에 대한 불안.

그는 나를 믿지 않았다. 키스로 눈물을 닦아 주고, 사랑한다고 수천 번을 말해도 믿지 않았다. 자기가 이미 알고 있는 사실을, 어떻게 계속 의심할 수 있었을까?

그 시기는 곧 지나갔다. 그런 시기는 언제나 지나갔다. 네 아버지가 다시 안정을 찾으면 우리는 세상에서 가장 행복한 커플이 되었다. 넌 커다란 침대에서 우리 사이를 쉴 새 없이 기어 다니고, 우리 몸 위로 기어오르기도 했다. 우린 웃음을 터뜨렸다. 행복했다. 네 아버지는 멋진 영화를 수없이 많이 만들겠다고 했다!

그러나 그런 일이 또 생겼다. 네 아버지가 사라졌다. 자기가 무슨 생각을 하는지 나에게 알려 주지 않았다. 마치 자기 자신을 나로부터 지켜 내야 한다는 듯이.

그는 스웨덴으로 여행을 떠났다. 며칠간 소식조차 없었다. 얼마쯤 지나자 스웨덴이 아닌 다른 곳에서 영화를 찍는 건 생각조차 할 수 없어 보였다. 난 네 아버지를 그리워했다. 소름이 끼칠 만큼.

몸을 숙여 소금을 쥐다……

슈퍼마켓에서 소금을 사려고 제일 아래 칸 선반으로 몸을 숙였다. 다시 일어나니 토레가 눈앞에 서 있다. 토레는 악수를 청하려고 손을 내밀었다가 생각을 바꿨는지 나를 안아 준다.

"우린 미셰 장례식에 갔었어요."

그가 말한다.

토레 뒤쪽에 있던 친구 두 명이 고개를 끄덕인다. 진지하면서도 불안한 표정이다.

"토레, 세상에! 너 정말 많이 컸구나!"

내가 말한다.

그러자 아이들이 미소를 짓는다. 체중을 한쪽 발에서 다른 쪽 발로 옮기며 뭐라고 이야기를 하는데, 나는 알아듣지 못한다. 나더러 어떻게 지내는지 묻는다. 내 생각을 했다고 한다. 그리고 미셰, 네 생각도 했다고 말한다. 무슨 일이 벌어진 건지 많이 생각했다고, 많이 이야기했다고 한다.

나는 장바구니를 자동차 뒷좌석에 내려놓고 차에 오른다. 안전띠를 매려다가 고개를 돌려, 슈퍼마켓 앞의 벤치에 앉아 있는 네 친구들을 어깨 너머로 바라본다. 아이스크림을 먹고 있다. 난 핸들로 몸을 기댄 채 눈물을 흘린다. 온몸을 떨면서.

전화……

직장에서 전화가 온다. 잠깐 들르지 않겠냐고 묻는다.

노란색 바닥, 냄새, 커튼, 창문 앞의 활엽수. 모든 게 예전과 똑같다. 내가 환자들을 맞이하던 치료실도 그대로다. 물리 치료사들은 모두 사근사근하고 예의바르다. 그들은 나를 안아 준다. 장기 입원 환자들은 나를 다시 보자 기뻐한다. 교통사고를 당한 여자 환자는 못 보던 얼굴이다. 나이보다 더 들어 보이고, 말 하는데 어려움을 겪고 있다. 제대로 쓰지 못하는 손이 차갑다.

휴게실에서 동료들과 커피를 마시며 이야기를 나눈다. 나는 물리 치료 분야의 전문가다. 내가 원하면 일주일에 몇 시간 정도만 일할 수 있다. 환자들에겐 내가 필요하다. 난 그들을 완전히 낫게 할 순 없지만 근육과 관절을 부드럽게 유지하며 통증이 줄어들게끔 도와줄 수는 있다. 외로운 환자들이 너무나도 많다. 병문안을 와서 인간적인 온기를 나눠 주고, 삶의 질을 높여 주는 사람들이, 그들에겐 전혀 없다. 그들에겐 쓰다듬어 줄 손길이 필요하다. 사람을 그리워하는 그들의 살갗을 쓰다듬어 주고 싶다.

얇은 종이보다 더 가느다란

생각과 추억

Oct-20-
anda
3 A. genilla

e arrival
d to know
e welcome
m. was
The fact
rs & stripes
much in
ave us a
we were
e streets
lly about
t mind
as we
sted in
nteresting
& beautiful
fashioned
we passed.
modern
ces here
ve to go
corner".
seem
are
England.
all
well as
most of

Memoranda

the buildings are of
stone and very
little frame work
is seen.
The people are
very accomodat
and seem anxio
to help us in every
ways. They are fa
behind times in
their farm work
and should adop
modern method
Oxen are used as
horses and stone
cracked by hand
altho streets are a
crushed stone
Country beaut. hills
valleys wonderful. Sky
nearly always clear &
one can see a great d
People in villages live i
room in most cases.
Barn being next to it.
Beds are high & fireplace
built in wall wood
being used. Wood is

내 아들 미셰에게,

네가 태어나던 밤, 출산 과정이 모두 끝나자 병원에서는 집에 가서 자라며 나를 돌려보냈단다. 하지만 어떻게 잠을 잘 수 있었겠니? 이미 날이 밝아 오고 있었지. 난 갯바위로 산책을 가서 소금기를 머금은 바다 냄새를 들이마셨단다. 그러고는? 뛰어들었지!

물은 얼음처럼 차가웠어. 그때는 겨우 4월이었으니 온몸이 얼어붙는 것 같았지! 뼛속까지 젖은 채 이를 덜덜 떨며, 방금 태어난 네 작은 몸을 눈앞에 떠올리고는 미친놈처럼 껄껄 웃으며 거리를 뛰어다녔어.

미셰, 너는 누구였니?

어떻게, 무엇 때문에, 도대체 왜, 그래야 했던 거니?

대답을 알 수 없는 수많은 질문들이 홍수처럼 나를 쓸어 가는구나.

이건 멈추지 않아. 팔을 들 힘조차 없구나. 내 손은 텅 비어 있어.

나를 찾아왔던 어린 소년, 넌 여전히 그 소년이었을까? 자그마한 동물에 관심이 많았던 소년. 우린 얕은 물속에 있는 동물들을 함께 관찰하고, 박물관과 수족관에 가고, 관련된 책을 한 무더기씩 샀지.

작은 게 몇 마리를 유리그릇에 담아 침실에 두었는데, 밤새 모두 도망쳤었잖아. 어떻게 이 모든 일들을 남겨둔 채 그렇게 떠나버릴 수 있었니?

네가 열정적인 화가였던 게 기억난다. 넌 그림에 맞는 긴 이야기를 한없이 만들어 내고, 수없이 많은 세세한 내용들을 그려 넣었지. 위대한 드라마를 창작해서 이 우주에 집어넣었어. 그림에 대한 네 열정은 여전했니? 삽화가나 그래픽 디자이너가 되고 싶진 않았어? 아니면 나처럼 영화를 만들거나. 우리가 함께 영화를 만들 수도 있었을 텐데 말이야. 제대로 된 카메라로 이 세상을 보려 한 적 있니? 보는 것을 통해 만들어진 또 다른 세상을?

난 너를 알지 못했어. 네가 어떤 사람이었는지 몰라. 난 너를 잃어버리기 오래 전에 이미 너를 잃었다. 얼마나 형편없는 아버지인지…….

왜 너에게 자주 전화하지 못했을까? 왜 좀 더 자주 오라고 하지 못했지? 왜 널 찾아가지 못했을까? 나는, 왜 우리 관계에서 아무것도 만들어 내지 못한 걸까? 난 왜 이 모든 것을 망쳤을까?

너와 함께 있기를, 내 아들을 좀 더 알기를 왜 포기했을까?

이렇게 많은 걸 망쳐 버린 나는, 도대체 어떤 인간일까? 어떻게 이 지경까지 올 수 있지?

젊은 시절에 네 엄마가 나더러 왜 영화를 만드느냐고 물었어. 난 이렇게 대답했지.

"사람들 안에 존재하는 공간을 열고 싶어서. 텅 빈 커다란 공간들. 사람들이 내 영화를 통해서 그 공간을 채우고 싶다는 욕구를 느낄 수 있게 말이야."

넌 이런 충동을 느낀 적 있니? 미셰, 나는 내 일을 사랑해. 뭔가를 창조하고 형태를 만들어 내고 표현을 찾아내는 걸 좋아한단다. 다른 그 무엇과도 비교할 수 없는 만족감을 거기서 느껴.

언젠가 내 영화들은 잊힐 거야. 그건 확실해. 몇 년 뒤에는 아무도 마츠 오케손의 영화를 기억하지 않겠지. 모든 것은 덧없어. 하지만 단 한 순간, 단 1초라도 더 오랫동안 붙잡아 두는 것, 열린 풍경을 보여 주는 것, 이건 영원의 한 조각이 아닐까? 난 그렇게 생각해.

난 너와 네 엄마를 떠날 생각이 결코 없었어. 하지만 결국은 그렇게 되었지. 상황이 점점 헝클어지다가 멈춰 버린 거야. 게다가 난 내 일을 해야 했어. 내가 떠난 게 잘못이었을까? 너와 네 엄마에게도, 그리고 나에게도?

맞는 것과 틀린 것 중에서 하나만 결정하면 될 만큼 사는 게 그렇게 단순하다면!

난 그렇게 할 수 없었어. 일은 언제나 생각대로 돌아가지 않는단다. 대부분은 그렇지 않아.

넌 나에게 화가 났었지? 네 아버지란 사람에 대해 어떻게 생각했니?

난 그것조차 모르는구나.

너에게 사랑에 대해 이야기했어야 하는데. 그러려고 한 적도 많았어. 정말이야. 정말 그러려고 했어. 하지만 그렇게 되지 않았지. 사랑하기, 즐기기, 배우기, 투쟁하기. 네 엄마가 나를 사랑한다는 사실이 이루 말할 수 없이 고마워. 난 네 엄마를 얻을 기회를 잃었고, 또 한 번 그 기회를 놓치고 말았어. 그럼에도 우린 여전히 서로 사랑한단다. 난 다른 사람들을 사랑했고, 또 사랑받는다고 느꼈어. 내가 지금 무슨 말을 하는지 알지? 모르겠니? 내 말을 믿으렴. 사실이 그래. 미셰, 사랑한다는 건 삶의 한 부분이란다. 누구나 사랑과 열정, 놀이 같은 그 느낌을 경험해야 해. 일과 사랑은 가장 위대한 거야. 미셰, 사랑하는 내 아들. 이런 말을 하고 싶었어. 왜 하지 않았을까?

계속 살라고 너를 설득하기에는 이제 너무 늦어 버렸구나.

그런데도 이 편지를 쓰고 있어. 왜?

지금 네가 있는 곳에서 이 편지를 읽을 수 있니? 난 네가 아니라 다른 사람들을 설득해야 하는 걸까?

인생이란 섬뜩한 순간들을 너무 많이 감추고 있어. 사람을 자석처럼 끌어당기는 검은 우물. 불현듯 그 구멍의 가장자리에 서 있을 때가 있지. 나를 구속하는 무언가에 몸과 생각이 묶여 있어서 움직일 수조차 없어. 몸은 뻣뻣하고, 주변에는 온통 어둠뿐이지.

그러다가 그런 순간은 지나가고, 다시 자유롭게 숨을 쉴 수 있어. 그러면 날아갈 것 같단다.

어둠에 빠졌을 땐 잡아줄 팔이 필요해. "걱정하지 마. 다 잘 될 거야!"라고 말해 줄 사람이 필요하지.

혼자라면 스스로를 안아 주려고 노력해야 해.

아니면 도움을 요청하거나.

인생은 우리가 살아가는 동안 계속해서 펼쳐지는 영화와 같아. 네가 계속 이곳에 머물렀다면, 넌 어떤 영화를 만들었을까? 넌 무엇이 되었을까?

지금도, 앞으로도 너를 영원히 포옹할 아빠가

추신 :

어제 네 엄마가 네 컴퓨터를 보았다는 글을 보냈어. 지금까지 그럴 용기가 없었지만 이제 보았다고 하네. 네 일기장을 찾았는데, 나에게 보내겠다는구나. 나도 읽어 보라면서.

사랑하는 미셰,

우리가 한 팀이 되어 사이클을 탔을 때, 난 내가 너를 얼마나 좋아하는지 깨달았다. 넌 내 뒤에서 달리며 바람을 피했지. 너를 볼 수는 없었지만 가까이에 있다는 건 알았다. 경사진 길을 올라갈 때면 헉헉 내쉬는 네 숨소리가 들렸다. 난 너에게 아버지나 다름없었다. 너보다 더 좋은 아들은 결코 얻지 못했을 거다.

나중에 우린 위치를 바꾸었다. 넌 금방 성장했고 강해졌다. 토요일 아침, 부드러운 역광을 받으며 달리면 가을 풍경이 옆을 스쳐 지나갔다. 적당한 속도, 위쪽 돌담 옆에 있는 사슴 무리를 나에게 보여주느라 옆으로 흔들던 네 팔. 달린 뒤에는 우리 둘 다 녹초가 돼서 집으로 돌아왔다.

미셰, 난 네가 정말 자랑스러웠다. 지금도 여전히 그렇다.

무슨 일이 벌어졌는지 모르겠다.

하지만 내가 더 많이 말했어야 한다는 건 안다.

어깨를 두드리고 악수하는 것, 웃음, 툭툭 치며 장난하기, 네가 조언이 필요할 때 옆에 있어 주기. 그런 건 문제없었다.

하지만 너와 더 많이 이야기했어야 했다. 네가 절망 비슷한 것에 빠지지 않게 끊임없이 이야기하고, 말로 표현했어야 했다.

네 엄마의 침대 위쪽 벽에는 시 한 수가 적혀 있다.

걱정하지 마

걱정이 해결해 주는 건

아니니까

우린 안간힘을 쓰며 걱정한다. 모든 것을 통제해야 한다고 생각한다. 넌 네 모습 그대로 좋았다. 산다는 건 모든 분야에서 최고가 되어야 한다는 뜻이 아니다. 우리가 함께 사이클을 탄 이유는 그게 아니었다. 넌 메달을 땄지만 사실 그건 중요하지 않았다. 사이클 자체가 중요했다. 그렇지?

그런 말을 너에게 해 줬어야 했는데.

난 너를 잃었다.

이제 네 엄마와 나만 남았다. 슬픔과 우리의 사랑. 모든 것에 슬픔이 스며 있다. 모든 움직임에, 모든 눈빛에 담긴 납처럼 무거운 추. 이제 결코 예전처럼 될 순 없겠지.

그렇다면 사랑은? 사랑은 기이한 씨앗이다.

이제 난 다시 혼자 사이클을 탄다. 경사진 길에서 네 숨소리를 듣게 되겠지. 너와 이야기를 나누게 될지도 모르겠다.

사랑으로 너를 안으며,

이다르

내 남자 친구에게

언젠가 네가 이런 말을 한 적이 있어.

주변이 온통 뒤죽박죽일 때는 목록을 작성하는 게 도움이 된다고.

그래서 내 생각을 정리해 보려고 해. 이게 내 목록이야.

1. 이제 더는 없을 것들

-네 옆에서 깨는 것, 내 등에 닿은 너의 배.

(벌거벗은 몸, 작은 동그라미에 들어 있는 음양.)

-너랑 자는 것.

(내 얼굴 아래에 있는 네 얼굴. 네가 "말하지 마."라고 속삭이고, 내가 "너도 하지 마."라고 대답하는 것.)

-생물 과목에 대해 설명하는, 빛나는 네 모습을 보는 일.

(그래서 너를 더욱 사랑하게 되는 것!)

-네 심장이 뛰는 소리를 듣는 것.

(네 갈비뼈에 내 빰을 대는 것, 그 얇은 살갗에.)

-수업 시간에 고개를 비스듬히 돌리고 뒤돌아보며 짓던 네 미소.

(머리카락이 앞으로 흘러내려서 얼굴을 반쯤 가렸지. 정말 멋있었어!)

-네 스웨터 아래로 손을 집어넣어 네 등 근육을 만져 보는 일. 그리고 해부학.

(또는 책상 아래에서 네 팔을 쓰다듬는 일.)

-네 입술을 맛보는 일.

(네 입가를 핥아 보는 것.)

-네가 내 옷을, 또는 내가 네 옷을 벗기는 일.

(바닷물이 말끔하게 빠진 동굴 아래로 우리가 기어들어 갔을 때처럼. 바닷물이 철썩거리며 바위에 부딪혔어. 새들이 하늘을 날고 있었지. 새들은 우리가 거기 있거나 말거나 관심조차 없었어. 넌 동굴 밖에서 바람이 꽤 심하게 부는데도 '바람이 자는 날'이라고 말했지. 나중에는 바다거북 이야기를 하면서, 언제 한번 품에 안아 보고 싶다고 했잖아. 난 네가 정말 멋진 아빠가 될 거라고 생각했어.)

-너에게 잘 자라는 문자 메시지를 보내는 일.

(그리고 답장으로 스마일 이모티콘을 받는 일.)

2. 결코 사라지지 않을 것들

-네가 내 첫 남자 친구였다는 사실.

(이 사실을 바꿀 수 있는 건 온 우주에 하나도 없어.)

-네 꿈을 꾸는 일.

(반복해서 꾸는 꿈이 있어. 우리가 물가로 산책을 가서 청둥오리를 보고 있어. 쌍을 지어 있는 오리도, 한 마리씩 따로 있는 오리도 있지. 예전에 바닷가에서 그랬던 것처럼, 우린 오리들을 세어 봐. 하지만 꿈에서 우린 언제나 물가를 빙빙 돌고 있어. 도는 시간은 점점 짧아지지. 네가 "우리가 가려는 데가 어디야? 여기야? 더 가는 게 아니고?"라고 물어. 그럼 내가 대답하지. "그래, 바로 여기야. 더 갈 필요 없어." 이때 잠에서 깨는데, 깨기 전에 너에게 키스하지 못한 게 너무 아쉬워.)

-네 팔 안쪽의 핏줄.

(살갗 아래에 있는 구불구불한 강물. 네 비석에 흘러내리는 가느다란 빗줄기처럼.)

-통화할 때 들리던 네 웃음.

(네가 한밤중에 전화한 적이 두 번 있어. 나는 침대에 누워 어둠 속에서 너와 이야기했지. 깊게 꾸르륵거리던 네 웃음소리. 넌 잘 웃는 아이가 아니었어. 그렇지?)

-내가 잠들었다고 믿고서 네가 내 귀에 속삭이던 말들.

(무덤에 가면 네 목소리가 들려. 내 살갗에 닿는 축축한 네 입술. 내가 듣지 않는다고 믿고서 네가 했던 바로 그 말들. 그러면 나는 언제나, 언제까지나 네 사람으로 남을 거라는 생각이 들어.)

-너를 위해 촛불 켜는 일.

(네가 어디 있든, 촛불의 가느다란 연기는 너를 향해 가는 길이 될 거야.)

-네가 선물한 새 깃털.

(넌 동굴 앞 오솔길에서 그 깃털을 찾았어. 넌 그게 분명히 우리 위에서 빙빙 돌던 물수리 깃털일 거라고 말했지. 그 깃털은 이제 줄에 매달아 내 방 창문 앞에 걸어 두었어. 방에서 누군가 움직이면 깃털이 미풍에 움직여.)

3. 대답을 들을 수 없는 질문들

-왜 날 갑자기 밀어냈어?

(네 안에서 나를 내쫓은 거야? 아니면 네 안에 너 자신을 가둔 거야? 무너진 건 내 세계일까, 네 세계일까?)

-다른 여자애를 좋아하게 됐어?

(네 무덤에서 야생화 꽃다발을 봤어. 줄기가 구슬 끈으로 묶여 있더라. 파란 초롱꽃은 이미 많이 시들어 있었어.)

-죽기 전에 무슨 생각을 했어? 아니면 누구를 생각했어?

(네 엄마를 만났어. 그 분을 조금 알게 되었지. 네 엄마는 양손을 떨었어. 시를 한 수 주셨는데, 자기에게 특별한 의미가 있는 시라고 하시더라.

포식한 날들은 결코 훌륭하지 않다

오로지 목마름만이 너를 바위에서 떼어 낸다

-정말 더 살기 싫었어?

-이 슬픔이 언젠가는 사라질까?

사람들이 서로 사랑한다는 건, 사랑이 존재한다는 건 수수께끼야.

내가 가장 사랑하고 가장 좋아하는, 똑똑하고 사랑스러운 미셰.

이 목록이 이제 나에게 도움이 될까?

어쨌든 써 보았어. 그런데 시간이 흐를수록 목록이 점점 더 길어질 것 같아. 무한히. 이제 뭔가 시작되었고 아직 끝나지 않았다는 듯이 말이야. 그렇게 될까?

영원히 키스를 보내며,

시리

To. 미셰,

왜 하필 지금 작별을 고했지? 그래서 뭘 얻으려 했던 거야? 뭐가 잘못된 거냐고?

네 엄마가 안 계시는 동안 혼자 있고 싶어 하는 줄 알았어. 그래서 네가 연락하지 않는 거라고 생각했어. 이제 난 더 집요하게 굴지 않았던 내 자신에게 욕을 퍼붓고 있어. 포기하지 말았어야 했어. 문자에 답장을 보내라며 너를 더 귀찮게 했어야 했어. 왜 학교에 오지 않느냐고, 왜 아무것도 같이 하지 않느냐고 네가 전화를 받을 때까지 계속 전화를 걸었어야 했어. 너희 집에 가서 네가 문을 열 때까지 초인종을 누르고 창문을 두드렸어야 했어. 미셰, 빌어먹을!

넌 그동안 벽을 쌓고 있었는데 우리는 아무 반응도 보이지 않았어. 난 이 세상에서 가장 멍청한 인간이야. 아무것도 알아채지 못한 등신.

루벤과 요나스와 함께 네 장례식에 갔어. 무슨 말을 해야 할까? 누군가 "아름다운 장례식이네요."라고 말했어. 아름답다고? 아름다운 음악과 너를 기리는 아름다운 말들, 그리고 진하고 달콤한 하얀 백합의 향기. 하지만 모든 게 그저 끔찍하기만 했어!

제일 친한 친구의 시신이 저 앞쪽 관에 들어 있다는 걸 아는 것. 사람들이 너를 들고 나가는 걸 보는 것. 네가 이제 곧 공동묘지의 검은 구덩이에 누워 있게 된다는 걸 상상하는 것. 미셰, 그저 끔찍하기만 했어. 토할 것 같았어. 네가 우리와 함께 거기 있었더라면, 너도 그런 상황이 견디기 힘들었을 거야.

첫째 줄에 너희 엄마가 앉아서 눈물을 흘리고 계셨어. 이야기 하나 해 줄까? 넌 나에게 소중한 사람이었어. 우리가 대여섯 살 무렵에 친구가 된 이후로, 넌 항상 나에게 중요한 사람이었다고. 우린 정말 많은 이야기를 나눴고, 서로를 위해 나섰잖아. 너는 날 위해, 나는 널 위해 말이야. 안 그래? 우리 둘 중에 더 용감한 사람은 너였지. 모든 일에 용감하게 맞섰고 아이디어도 풍부했어. 난 항상 널 우러러봤다고. 알아?

어릴 때 연립 주택 뒤 언덕에 있는 숲에서 우리가 했던 모험을 난 아직도 기억하고 있어. 하마터면 내가 살모사를 밟을 뻔했는데, 그럴 때 어떻게 행동해야 하는지 넌 정확하게 알고 있었잖아. 오솔길에서 그냥 발을 쿵쿵 굴렀지. 살모사가 사라질 때까지 빨간 운동화를 신은 발로 아주 느긋하게 흙바닥을 내리쳤어. 난 그때 심장이 펄떡펄떡 뛰었고, 며칠 동안이나 사방에 뱀이 보이는 것 같았어.

끔찍하게 지루한 음악과 주변의 흐느낌에 에워싸인 채 내가 무슨 생각을 했는지 알아? 동네 어귀 호수에서 물수제비를 뜨는 우리가 보였어. 우린 누구 돌이 더 많이 튀나 세었지. 숫자를 크게 외쳤지. 물이 높이 튀어 올랐어. 아주 짧은 순간, 물방울들이 반짝이며 공중에 멈춰 있었지. 그땐 절대 지루하지 않았잖아. 안 그래?

미셰, 우린 살아야 해. 다른 사람들뿐 아니라 너도! 어떻게 그걸 잊어버릴 수 있어? 왜 더 살고 싶지 않았지? 무슨 생각을 한 거야? 나와 이야기하지 못할 게 도대체 뭐였어? 어떤 필름이 네 머릿속에서 돌아간 거야? 이런 질문을 하루에 수천 번도 더 던진다.

하지만 내가 가장 원하는 건, 네가 여기 있었으면 좋겠다는 거야.

토레가

보고 싶은 미셰,

네가 죽은 거 싫어.

나를 돌봐 줄 사람이 다시 생겼어. 롤프야.

롤프가 지금 이 편지를 쓰는 걸 도와주고 있어.

롤프는 산책을 좋아하고 노 젓는 배를 타는 것도 좋아해.

하지만 멋진 여자애들 이야기를 하는 건 좋아하지 않아.

내가 슬퍼하면 안나가 나를 안아 줘.

안나가 슬퍼하면 내가 안나를 안아 주고.

즐거울 때도 우린 서로 안아.

토요일에 안나랑 숲에 가서 예쁜 꽃을 꺾어 꽃다발을 만들려고 해.

네 무덤에 가져가려고.

초롱꽃이 제일 예쁘긴 한데, 그 꽃은 종이보다도 더 가늘어.

안나는 애플파이 굽는 걸 배웠어. 나더러 맛을 봐도 된대.

옷장에 너를 생각나게 하는 기념품이 있어. 네가 졸업식에 입으려고 했던 스웨터야.

고마워.

내 마음속에는 기념품이 더 많아.

그 기념품들은 빠져나오거나 고장 나지 않아.

넌 최고의 친구였어. 보고 싶다.

사람들 말로, 넌 살고 싶지 않았대.

하지만 난 그 말을 믿지 않아.

잘 있어.

스베레

작품 해설

더 많은 관심을, 더 많은 위로를

김도연(한국청소년자살예방협회장, 심리학 박사)

《열아홉, 자살 일기》의 주인공 미셰는 갑작스런 자살로 생을 마감합니다. 열아홉의 나이에 자살이라는 극단적인 방법을 택한 그를, 남겨진 가족과 친구들은 이해하지 못합니다. 미셰는 대체 왜 그런 극단적인 선택을 한 것일까요.

죽음을 선택하기 전에 미셰가 쓴 열흘간의 일기는 미셰의 불안한 심리 상태를 잘 보여 줍니다. 외로움이란 단어를 검색해 보는 미셰, 엄마와 이다르 아저씨가 보낸 소식-행복해 보이지만 미셰의 안부를 묻지 않는, 잠 못 이루는 밤. 학교를 오지 않는 미셰에게 무관심한 선생님과 친구들, 일 얘기만 하는 아빠, 꿈속의 버스-미셰에게 말을 걸지 않는 승객들……. 모두와 함께 있지만 모두에게서 외로움을 느낀 미셰는 자신의 가치를 잃어갑니다. 홀로 집을 지키고 있던 일주일 동안 미셰는 극심한 외로움과 성장하는 것에 대한 두려움을 느낍니다.

엄마와 이다르 아저씨가 여행에서 돌아오는 날, 미셰는 죽음을 선택합니다. 미셰의 죽음은 한 순간의 충동적인 결정이었을까요? 가족과 친구들에게 미셰는 어떤 존재였을까요?

일과 사랑 속에서 정체성을 찾지 못하는 젊은 시절의 아빠와 홀로 어린 미셰를 키우게 되는 엄마. 미셰의 삶은 이렇게 시작됩니다. 미셰가 태어난 후에도 불안정한 삶을 살아가던 아빠는 결국 가족을 지키지 못하고 그들의 곁을 떠납니다.

아동기의 아이들은 성장하면서 부모를 통해 여러 가지 중요한 가치들을 배웁니다. 신뢰감과 자율성, 공정함과 정의 등이 바로 그것이지요. 특히 부모가 갈등을 해결하고 위기를 극복하는 모습은 아이들에게 좋은 본보기가 됩니다. 새로운 경험에 대한 두려움을 없애 주고, 감정으로 문제를 해결하기보다 끊임없는 생각을 통해 문제를 해결할 수 있는 지혜를 일깨워 주는 것입니다.

이처럼 중요한 시기에 미셰는 아빠의 부재를 채우고자 끊임없이 노력합니다. 아들의 다섯 번째 생일에 발 치수조차 맞지 않는 인라인스케이트를 보내는 아빠임에도 미셰는 아빠를 기다리며 그리워합니다. 열아홉 번째 생일에도 아빠가 축하 메시지를 보낼 것이라는 기대를 버리지 않습니다. 늘 그렇게 미셰는 아빠를 그리워하며 아빠에게 중요한 의미가 되고 싶어 합니다. 사이클 대회에서 처음으로 메달을 딴 뒤, 미셰는 자신이 나온 신문기사를 오려서 아빠가 있는 스웨덴으로 부칩니다. 그러나 아빠는 미셰에게 늘 자신이 만들고 있는 영화 이야기만 합니다. 미셰가 죽기 일주일 전에 아빠가 보낸 메일도 온통 영화 이야기뿐이었습니다.

미셰가 떠난 후 아빠는 아들에게 편지를 씁니다. 아빠는 영화를 통해 사람들 간의 공간을 채워 주고 싶었노라 말합니다. 또 아들에게 삶과 사랑에 대한 많은 이야기를 전해 주지 못했음을 회고합니다. 그러나 아빠는 아들이 얼마나 자신을 그리워했는지는 몰랐습니다. 그저 미셰를 '아빠에게 화가 나 있는 아들'이라 이해했을 뿐이지요. 아빠는 살면서 힘이 들 때는 혼자서 일어나거나 도움을 요청해야 한다고 말합니다. 일만큼 사랑도 삶의 일부분이라고 말하며 스스로를 위안하는 아빠는 진지하게 미셰의 고통 속으로 들어가지 못합니다. 미셰는 아빠의 존재를 온전하게 느껴 보지 못했습니다. 아빠는 영화를 통해 사람들 간의 공간을 채워 주기를 바랐지만, 정작 아들 미셰와 자신 사이의 공간은 채우지 못했던 것이지요.

열세 번째 생일에 미셰는 엄마를 향해 "난 자라지 않을 거예요."라고 외칩니다. 엄마는 미셰에게서 깊은 어둠을 느낍니다. 미셰가 떠난 후, 엄마는 미셰가 열 살 때 이후로 찍은 사진이 없음을 알게 됩니다. 엄마의 삶에 어떤 변화가 일어난 것일까요? 엄마의 남자 친구인 이다르는 미셰가 열한 살이던 해에 그들의 삶으로 들어옵니다. 이다르는 미셰와 엄마 곁을 지키며 아빠의 부재를 메우고자 노력합니다. 하지만 미셰는 이다르 아저씨와 함께하면서 엄마와의 순간들이 조금씩 사라져 간다는 느낌을 받았을지도 모릅니다. 비록 이다르 아저씨가 미셰를 위해 많은 노력을 기울였음에도 말이지요. 미셰가 모든 것을 온전히 이해하고 받아들이기에, 열한 살은 아직 어린 나이였습니다.

아빠의 부재와 엄마의 새로운 남자 친구. 혼란스러운 상황 속에서 미셰는 여자 친구 시리를 만납니다. 시리와 가깝게 지내던 미셰는 어느 날 갑자기 이별을 고합니다. 이별의 이유를 합리적으로 설명하려 해 보지만, 미셰는 자신이 왜 시리와 헤어지고 싶은지 스스로 납득할만한 이유를 찾아내지 못합니다. 그리고 그날 밤 인터넷 검색창에 '외로운'이라는 단어를 검색합니다. 스스로 외로움을 선택한 뒤, 미셰는 자신이 혼자라는 사실을 더 깊이 느낍니다. 어쩌면 언젠가 시리로부터 버림받아 혼자가 될지도 모른다는 두려움에 서둘러 이별을 고한 것일지도 모릅니다.

'인간은 스스로 자기 삶을 끝낼 수 있고, 실제로 그런 선택을 할 수 있는 유일한 존재다.'

미셰가 죽기 전, 일기에 쓴 의미심장한 말입니다. 미셰는 성장하면서 여러 번 삶의 중요한 순간들을 맞이합니다. 그러나 그 모든 일들은 스스로가 원했던 것은 아니었습니다. 감당하기 힘든 순간들을 마주하면서도 어린 미셰는 충분히 위로받지 못했습니다. 세상의 선택을 참고 받아들여야만 했습니다. 조금 더 친절하게 미셰에게 말해 주었다면 어땠을까요. 사랑에 대해, 변하지 않는 마음에 대해서 말입니다.

미셰에게 성장한다는 것은, 어른이 된다는 것은 마치 바다거북이 저 먼 바다를 향해 나아가는 것과 같았습니다. 바다거북이 본능적으로 바다를 향해 나아감을 알고 있음에도 미셰는 "세상에 나오자마자 어디로 가야 하는지를 어떻게 알지."라고 말합니다. 세상 밖에 감당할 수 없는 힘든 일만 있는 건 아니라는 것을 알았다면 미셰의 선택은 달라지지 않았을까요? 변하지 않는 사랑과 믿음을 보여 주었다면, 미셰가 삶을 향해 나아가는 데 큰 용기와 위안이 되었을 것입니다.

> "넌 최고의 친구였어. 사람들 말로, 넌 살고 싶지 않았대. 하지만 난 그 말을 믿지 않아."

떠나간 미셰에게 친구인 스베레가 남긴 말처럼 말입니다. 지금 우리 곁에는 어린 미셰가 있을지 모릅니다. 청소년기에 자살을 선택하는 그들의 마음속에는 깊은 외로움이 있습니다. 세상을 향한 두려움보다는 두려움을 이해받지 못한 슬픔이 자리잡고 있습니다. 그들이 알 수 있도록 조금 더 자주, 더 많이 말해 주면 어떨까요. 사랑한다고. 넌 혼자가 아니라고, 우리가 늘 곁에 있다고 말입니다.

옮긴이의 말

"피오르에 배가 한 척도 보이지 않는다.
이제 그만 써야겠다."

열아홉 살 청춘이 목숨을 끊는다. 이제 그만 써야겠다는 마지막 일기를 남기고.

겉보기에는 아무 문제도 없었다. 사랑하는 엄마도, 친구처럼 지내는 엄마의 연인도 있었다. 그를 많이 사랑하는 여자 친구도, 어릴 때부터 함께한 소꿉친구도 있었다.

아이는 사라져 가는 열대 우림과 멸종 위기에 처한 동물을 걱정하고 인생의 여러 문제를 깊이 생각했으며, 지적장애가 있는 친구를 돌보았다. 성적이 뛰어나 모둠 수업이 있을 때면 반 친구들은 아이와 같은 모둠이 되길 원했고, 대학에서 무슨 과목을 전공할지도 스스로 정해 두었다. 누구나 똑똑한 아이라고 칭찬했다. 뭐든 알아서 잘하는 아이였다.

그런데…… 그런 그가 스스로 목숨을 끊었다. 전조 증세도 거의 보이지 않던 조용한 아이의 죽음은 뒤에 남겨진 가족과 친구들에게 엄청난 혼란과 죄책감, 분노와 슬픔을 남긴다. 주체할 수 없는 그리움도 더해진다.

이 책은 2월부터 5월까지 쓴 아이의 일기, 엄마의 독백, 엄마의 연인과 친아버지를 비롯한 아이의 주변인들이 쓴 편지들로 구성되어 있다.

아이의 일기에 죽고 싶다거나 우울하다고, 외롭다고 직접 언급한 말은 없다. 그저 차분하기만 하다. 그러나 일기를 쓴 시각에서 알 수 있듯이, 불면의 밤을 보내며 아이가 느끼는 깊은 슬픔과 외로움은 곳곳에서 드러난다. "지금 어디선가 나처럼 불면의 밤을 지새우는 사람도 있겠지. 물끄러미 창밖을 바라보며, 날이 점점 밝아오는 모습을 지켜보고 있을 거다. 내가 모르는 누군가가."

자신의 죽음을 암시하는 말은 없지만, 인간은 삶을 끝낼 수 있는 유일한 존재라고 말한다. "모든 동물 가운데 자신의 존재에 대해 생각하는 생명체는 인간뿐이다. 인간은 삶의 의미를 묻고, 우리가 왜 살고 왜 죽어야 하는지 곰곰이 생각한다. 인간은 자기 삶을 스스로 끝낼 수 있고, 우리가 실제로 그런 선택을 할 수 있다는 사실을 명확하게 알고 있는 유일한 존재다."

아이는 여자 친구와도 결별하고 친구의 문자 메시지에 답장도 하지 않으며 자신을 점점 더 고립시킨다. 통증을 느끼지 못하는 종이 살아남는 건지, 알에서 막 깨어난 거북이들은 어떻게 길을 찾는지 궁금해 하고, 지하 동굴에 사는 눈먼 물고기에게 동질감을 느끼며 그 물고기는 동굴 속에서 얼마나 더 버틸 수 있을까 생각한다.

남들이 보기에는 뭐든지 스스로 알아서 잘하는 아이였지만, 정작 당사자는 어떻게 길을 찾아야 할지 알 수 없어서 막막했던 걸까. 그래서 거북이처럼 등딱지로 자꾸 들어간 걸까. 아이의 방은 눈먼 물고기가 사는 지하 동굴이었나. 대통령궁 집무실에 갇힌 아옌데 대통령칠레의 대통령으로, 쿠데타로 목숨을 잃었다.을 떠올리며, 아이는 자기 방이 그 집무실처럼 덫이 되었다고 생각했을까. 세상에서 가장 외로운 섬을 검색하며, 자신이 그 섬 같다고 느꼈을까.

차분하고 서늘한 아이의 일기와는 달리, 툭툭 끊어지는 문체로 쓰인 엄마의 글은 숨이 막힐 만큼 무력감으로 가득하다. 엄마는 기차가 몸 한가운데를 뚫고 지나간다고, 눈먼 새들이 방향 감각을 잃고 공포에 질려 몸 안에서 이리저리 날아다닌다고 느낀다. "새들은 날다가 어딘가에 계속 부딪친다. 그 자리를 벗어날 수 없다. 위로 올라가지도, 아래로 내려가지도, 바깥으로 나오지도 못한다." 엄마는 자신이 아이 아버지와 헤어져서 이런 일이 벌어진 건가 하고 죄책감을 느끼며 괴로워한다. 자식의 심리 상태도 눈치채지 못하고 아무런 불안감도 없이 여행을 떠난 스스로를 질책한다.

함께 있어 주지 못한 친아버지는 자신이 얼마나 형편없는 아버지였는지 후회한다. 아이와 한집에 살았던 엄마의 연인은 아이와 더 많은 대화를 나누었어야 한다고, 아이가 절망 비슷한 것도 느끼지 않게 했어야 한다고 탄식한다. 아이의 여자 친구와 소꿉친구는 대답을 얻을 수 없는 수많은 질문을 던진다. "왜, 도대체 왜! 어떻게 네가 이럴 수 있어!"

우리말로 옮기면서, 아이의 일기에서 드러나는 우울감이나 외로움에 치여 자주 생각에 잠겼다. '너 지금 스스로를 외부와 차단하는구나. 너무 많이 외롭구나. 되돌아설 수 없구나. 네 엄마 말처럼 인생이란 이따금 지겹기도 하지만 정말 놀라운 순간들도 있어. 사는 게 늘 꽃길은 아니라서 그냥 꾸역꾸역 견뎌야 하는 날들도 있다고. 너의 20대가 어떤 모습인지 볼 수 없게 되어 너무나 안타깝다…….'

남은 자들의 절절함은 자판을 두드리는 손끝이 아릴 만큼 힘들었다. 각자의 방식으로 슬픔을 그저 견디고만 있는 그 사람들에게 어떤 위로를 건네야 할지 생각이 나질 않았다. "당신들 잘못이 아니에요."라고 말하면 죄책감이 좀 덜어질까. "숨이라도 어서 좀 편하게 쉬어야 할 텐데……."라고 해야 하나. 이런 일이 소설 속에서만 벌어진다면 얼마나 다행이랴. 감정 이입을 심하게 한 탓에 번역하는 내내 많이 우울하고 몸도 아팠다.

이 작품은 우울과 자살을 다루는 여느 소설들과는 다르다. 자살 예방 대책이나 남은 자를 향한 위로나 조언은 없고, 떠난 자와 남은 자의 심리와 기억만 묘사할 뿐이다.

언젠가 북유럽 국가들이 미국보다 자살률이 높다는 세계 보건 기구의 통계를 읽은 적이 있다. 춥고 어두운 환경의 영향이라고 분석하기도 하는데, 세계 제일이라는 복지 체제도 내면으로 파고드는 개인의 외로움은 해결해 주지 못하는 걸까. 먹고 살 걱정 없는데 웬 복에 겨운 고민이냐는 몰이해는 당사자를 더욱 외롭게 만드는 무력(武力)이고, 아무런 도움도 주지 못하므로 무력(無力)하다.

책에서 말하지 않는 이야기를 눈 밝은 독자들이 행간에서 읽어 내기를 진심으로 빈다.

2014년 7월

전은경

풀빛 청소년 문학 14

열아홉, 자살 일기

초판 1쇄 인쇄 2014년 7월 17일 | 초판 1쇄 발행 2014년 7월 22일
지은이 마리트 칼홀 | 옮긴이 전은경
펴낸이 홍석 | 기획위원 채희석
편집부장 이정은 | 편집 차정민·김나영 | 디자인 정계수·서은경
마케팅 홍성우·김정혜·김화영
펴낸곳 도서출판 풀빛 | 등록 1979년 3월 6일 제 8-24호
주소 서울특별시 서대문구 북아현로 11가길 12 3층 (북아현동,한일빌딩)
전화 02-363-5995(영업) 02-362-8900(편집) | 팩스 02-393-3858
전자우편 kids@pulbit.co.kr | 홈페이지 www.pulbit.co.kr

ISBN 978-89-7474-243-0 43850

이 도서의 국립중앙도서관 출판시도서목록(CIP)은 서지정보유통지원시스템 홈페이지(http://seoji.nl.go.kr)와 국가자료공동목록시스템(http://www.nl.go.kr/kolisnet)에서 이용하실 수 있습니다. (CIP제어번호:CIP2014019103)

*책값은 뒤표지에 표시되어 있습니다.